IRM JENNINGS

TÖDLICHE HINGABE

Der Bulle
und die Lady

Band 1

neobooks

Impressum

Umschlag: © Crauts Design

Druck: epubli, ein Service der
neopubli GmbH, Berlin

Printed in Germany

Teil 1

Blutjung

Teil 2

Schatten

Teil 3

Kleiner Tod

Am Ende Eures Lebens werdet Ihr wissen,
dass nichts von dem,
was Ihr getan habt, eine Rolle spielen wird,
sondern nur,
wer Ihr bei Eurem Tun gewesen seid.

Neale Donald Walsch

Teil 1

Blutjung

1

Langsam wurde es dunkel und die Konturen der Stadt verloren ihre Schärfe. Hilflos schaute sie sich um. Als kleines Mädchen war sie oft an der Hand ihrer Mutter durch diese Straßen gelaufen, um ihre Tante zu besuchen. In ihrem Gedächtnis glänzten die Bilder dieser Besuche so bunt wie die Fotos in ihrem Kinderalbum. Sie war sich ganz sicher, dass es die Orte, die darin abgebildet waren, immer noch gab. Nur wie sie den Weg dorthin finden sollte, das wusste sie nicht.

Sie checkte ihr Handy. Keine Nachricht, kein verpasster Anruf. Vielleicht war ihre Tante gar nicht in der Stadt? Sie beschloss zum Hauptbahnhof zurückzufahren. Gerade als sie gehen wollte, blieb jemand dicht neben ihr stehen.

„Kann ich Ihnen helfen, junge Dame?"

Die Stimme des Mannes war ungewöhnlich wohltemperiert und sonor, perfekt für den Weihnachtsmann. Doch statt eines wohlbeleibten Riesen mit weißem Bart sah sie einen schlanken Mann vor sich, penibel rasiert und kaum größer als sie selbst. Er hatte etwas übertrieben Reinliches. Eine Perfektion, die seine Oberfläche glättete, so dass nichts an ihr haften blieb, auch kein Blick, der einen Makel oder eine Besonderheit an ihm finden konnte. Freundlich blinzelte er sie durch seine randlose Brille an.

„Ich weiß nicht... Ich suche das Haus meiner Tante. Ich habe ihre Adresse verloren. Ich weiß nur noch, dass es direkt am Fluss lag."

Diese Auskunft schien dem Mann zu reichen. Er lächelte verständnisvoll.
„In der Nähe ist ein Taxistand. Wir können uns dort erkundigen. Und vielleicht trinken wir erst mal etwas Warmes? Sie sehen durchgefroren aus."
Sie kaute an ihrem Lippen-Piercing und überlegte. Er blickte auf ihr Handy.
„Vielleicht meldet sich Ihre Tante ja in der Zwischenzeit!"
Der Mann hatte Recht. Es war kalt und ihr Geld war knapp. Warum sollte sie die Einladung nicht annehmen? Er machte eine auffordernde Geste und sie folgte ihm.

Das Grau des dämmernden Morgens unterschied sich kaum vom Grau des Asphalts. Scheinwerfer vereinzelter Autos schlugen parallele Lichtschneisen, bevor sie den Verteilerkreis in alle Himmelsrichtungen verließen. Über den nahegelegenen Bahndamm rauschte ein erster Regionalzug, vorbei an einem Gelände voller Gitterkörbe und offener Container, zwischen denen neongelbe Sicherheitswesten aufschimmerten.
‚Glühwürmchen des Abfalls' dachte Werner Holsten, der sich im Büro der Recycling-Station seine Arbeitshandschuhe anzog. Und ‚gequirlter Quatsch mit Soße' dachte er gleich hinterher. Dann ging er nach draußen zu seinen Kollegen, um die Treppen und Metallbrücken von den Sammel-Containern zu lösen, damit die LKW-Fahrer sie gleich auf den Schlepper ziehen konnten.
Er erklomm die Stiege zum ersten Container und fing an,

die hinteren Bolzen aus den großen Stahl-Ösen zu rütteln. Die Luft war klar, der Atem der Männer dampfte über die Abfälle hinweg. Auch wenn die Vögel mit ihrem Gezwitscher schon wieder die Gartensaison einläuteten, die Morgenstunden waren noch kühl.
Der Lastwagen der städtischen Müllentsorgung rumpelte in die Einfahrt zur Recycling-Station und manövrierte im Rückwärtsgang auf seine Fuhre zu. Der Container mit den gelben Säcken wurde als erstes eingehakt und auf den Sattelschlepper gezogen. Dann kamen die Gartenabfälle. Äste, Laub und Rasenschnitt neigten sich und sackten in der Schräglage etwas ab. Mitten im Grün kam ein Fuß zum Vorschein, der sich immer weiter durch ein Grasbündel drückte. Langsam, ganz langsam kippte der Container und der Fuß kippte mit. Endlich wurde Werner Holsten klar, dass der Fuß gleich verschwunden sein würde, und dass das nicht ging, weil ein Fuß nicht in die Gartenabfälle gehörte.
„Halt! Stopp!“
Holsten sprang von der Brücke, hetzte zum Führerhaus und hüpfte wild gestikulierend neben dem Fenster auf und ab, bis der Fahrer endlich den Motor ausstellte.

Es war früh, viel zu früh. Langsam schwoll eine Melodie an, die immer eindringlicher Piets Gehörgänge penetrierte. Sie bohrte sich in sein Gehirn wie eine Pfahlmuschel in morsches Holz. Piet drückte die Melodie weg und presste die Lider auf seine Augäpfel. Er hasste diesen Moment.

Er wollte der morgendlichen Misere nicht ins Auge sehen. Dem Tag nicht, sich selbst nicht und schon gar nicht der Rechnung, die ihm präsentiert würde. Geduldig fing sein Handy wieder an zu dudeln.
Plötzlich durchzuckte es Piet wie ein Blitz. Er riss die Augen auf. Das war nicht der Weckruf seines Handys. Das war sein normaler Klingelton und er hatte Bereitschaft.
„Fuck!“
Piet räusperte sich und ging ran.
„Szukay?! Aha. Okay. Verständigt erst mal die KTU. Ich komme gleich.“
Piet rollte sich stöhnend aus dem Bett. Er steckte immer noch in der Kleidung von gestern, die nach Benzin und Bier roch. Die zerrissene Knopfleiste seines Hemdes war hart von verkrustetem Blut, seine Jeans gepudert mit Schotterstaub. Immerhin hatte er seine Schuhe ausgezogen, bevor er ins Bett gekippt war. Piet rieb sich die Augen und zuckte vor Schmerz zusammen.
Vor dem Spiegel im Bad stellte er erstaunt fest, dass sein Gesicht noch recht manierlich aussah. An der Augenbraue breitete sich ein blauer Fleck aus. Das Auge darunter blähte seine Umrisse schon etwas auf, aber ein Veilchen war das noch lange nicht. Keinerlei Platzwunden, kein Schorf, kein gar nichts. Das Blut auf seinem Hemd stammte wahrscheinlich aus seiner Nase.
Piet musste zugeben, dass ihn sein Anblick erleichterte. Es hätte schlimmer kommen können. Er holte eine Packung Schmerztabletten aus dem Schrank und spülte zwei davon mit Leitungswasser herunter.

Anschließend klatschte er sich kaltes Wasser ins Gesicht, bis er das Gefühl hatte, dass die restlichen Gesichtszüge wieder an ihrem Platz waren. Dann spülte er das pelzige Gefühl aus seinem Mund, das andere als Alkoholfahne wahrnehmen würden, stolperte in saubere Sachen, schulterte sein Rennrad und verließ die Wohnung.
Als Piet sich über sein Lenkrad beugte und in die Pedale trat, fühlte er eine große Erleichterung. Ganz gleich wie mies es ihm ging, sobald sein Körper sich in der immer wiederkehrenden Bewegung forttrug, folgte sein Kopf einzig der unsichtbaren Spur, die er jeden Tag mit seinen Reifen neu markierte. Er spürte, dass seine Muskeln trotz der Prellungen funktionierten und wieder geschmeidig wurden. Das Pochen in seinem Schädel ließ nach, die kalte Luft und die Stille des Morgens erfrischten ihn.
Piet atmete tief durch. Er liebte seine kleine Hansestadt. Hier konnte man alles in fünfzehn Minuten mit dem Rad erreichen. Zumindest alles, was wichtig war. Er hatte lange Zeit in Großstädten gelebt, Berlin, Köln, und vermisste sie nicht im Geringsten.

Als Piet bei der Recycling-Station ankam, war es aus mit der morgendlichen Ruhe. Eine Parade blinkender Lichter empfing ihn.
Nicht nur am Polizeiwagen, auch am Müllwagen und dem zurückgefahrenen Eingangstor des Recyclinghofes kreisten orange und blaue Signalleuchten vor sich hin. Gott sei Dank geräuschlos…

Vor drei großen Schütt-Containern, aus denen säuberlich getrennte Abfallberge wuchsen, warteten vier Männer in Sicherheitswesten, zwei Polizeibeamte und drei Männer von der Kriminaltechnischen Untersuchung in ihren weißen Strampelanzügen. Piet rümpfte die Nase. Die säuerliche Note schlecht gespülter Joghurtbecher und Fischkonserven wehte ihn an und erinnerte leicht an den Geruch von Verwesung. Hoffentlich war die Leiche an einem Stück. Einzelne Körperteile waren vor dem ersten Kaffee schwerer zu ertragen.

„Guten Morgen!"

Die Kollegen von der Streife sahen sich um. Piet erkannte eine Kollegin, die er lieber woanders getroffen hätte.

„Hi, Betty."

Betty erschrak bei Piets Anblick.

„Was hast du denn gemacht?!"

Sie streckte ihre Hand nach seinem Gesicht aus und trat besorgt an ihn heran. Piet ging automatisch einen Schritt zurück. Wenn er eines hasste, war es mütterliche Fürsorge, vor allem in der Öffentlichkeit.

„Sturz!", sagte er knapp.

„Ach! Wieder mit' m Rad?"

Piet nickte. Betty schaute misstrauisch.

„Da haste aber ´nen Pfosten gerammt!"

Piet nickte abermals und trat auf die am Boden liegende Leiche zu.

„Kann passieren!"

Er schaute auf die angezogenen Beine einer Frau, umschlungen von ihren Armen. So zusammengekauert und vollkommen nackt hatte sie jemand in Heu gewickelt. Das Heu war mit einer Hanfschnur um Kopf und Körper befestigt. Ein Bündel Mensch, nicht größer als ein normaler Heuballen.

Ein Kollege der KTU kniete neben dem Leichnam nieder und fing vorsichtig an das restliche Heu vom Oberkörper zu entfernen. Die Umstehenden ächzten, als hätte man gleichzeitig die Luft aus ihnen herausgelassen. Die Tote war kaum älter als sechzehn oder siebzehn. Trotz der knospenden Brüste sah der Körper noch kindlich aus. Vielleicht lag es auch daran, dass ihr Intimbereich, den man durch die angezogenen Beine einsehen konnte, komplett rasiert war. An den Körperstellen, wo keine blutunterlaufenen Flecken zu finden waren, wirkte die Haut wie Porzellan. Blonde Haare, an der einen Seite kahl rasiert, an der anderen Seite lang, schwarz verlaufener Kajalstift und ein Lippen-Piercing gaben dem Gesicht selbst jetzt noch etwas Trotziges. Bei dem Anblick musste Piet innerlich lächeln, aber er hielt seine Mundwinkel unter Kontrolle.

„Kriegen wir die noch auseinandergebogen?"

Meyerdiercks von der Kriminaltechnischen Untersuchung schüttelte den Kopf.

„Ich habe Rademann informiert."

Wie aufs Stichwort kam der Leiter der Rechtsmedizin durch das blinkende Tor. Er begrüßte Piet mit einer Feststellung.

„Sie wirken demoliert, werter Kollege."
Piet wies nur auf die fast unversehrte Leiche.
„Die seltsamer Weise weniger. Nur gut verpackt!"
Rademann betrachtete den Leichnam, als wolle er das Bild ganz in sich aufnehmen, und nickte. Wortlos hockte er sich neben die Leiche und begann mit seiner Arbeit.
Während die KTU die Spurensicherung fortsetzte, wendete Piet sich an die Kollegen von der Streife.
„Wie weit seid ihr?"
Betty zückte einen Block, ihr Kollege antwortete.
„Befragt haben wir bisher nur die Mitarbeiter der Recycling-Station. Entdeckt wurde die Leiche von Werner Holsten, beim Aufladen der Container. Jetzt eine Stunde her."
„Okay. Setzt die Befragung in den angrenzenden Wohnstraßen und vor allem im Schrebergartengebiet nebenan fort!"
Betty winkte Werner Holsten heran und verwies ihn an Piet.
„Guten Morgen! Sie habe die Leiche entdeckt?"
Werner Holsten nickte. Er wirkte angegriffen.
„Das Mädchen hat denselben Nagellack wie meine Tochter. Also, unsere Nina hat den auf den Fingernägeln, nicht auf den Zehen wie sie, aber… "
Der kräftige Mann mit dem wettergegerbten Gesicht stand da wie ein kleiner Junge, dem gerade sein schönstes Spielzeug zerbrochen war. Piet legte ihm seine Hand auf die Schulter.

„Vielleicht gehen wir erst mal in Ihr Büro. Ich könnte jetzt unglaublich gut eine Tasse Kaffee gebrauchen!"
Werner Holsten nickte dankbar.
„Wenn Sie bittere, abgestandene Plörre mögen."
„Solange noch Koffein drin ist!"
Holsten grinste.
„Das kriegen Sie bei uns als Feststoff!"

Als Piet sich wieder auf seinen Fahrradsattel schwang, beschloss er durch die angrenzende Schrebergartenkolonie auf eine seiner Trainingsstrecken abzubiegen, um die gesammelten Eindrücke zu ordnen.
Auch wenn sie sich einen rebellischen Anstrich gegeben hatte, auf der Straße hatte das Mädchen auf keinen Fall gelebt. Der Körper, insbesondere die Nägel und das Gebiss waren äußerst gepflegt. Aufgrund der Leichenstarre war der Leichnam wahrscheinlich älter als zwölf Stunden, aber viel länger hatte er nicht gelegen. Die Container wurden jeden Tag geleert. Die Ablage war wahrscheinlich am Tag zuvor, am späten Nachmittag oder Abend erfolgt, kurz bevor die Recycling-Börse ihre Pforten schloss. Einerseits wirkte der Müllcontainer als Ablageort ziemlich klischiert und unbedarft. Vor allem konnte man kaum unmissverständlicher klarmachen, dass es sich tatsächlich um eine Entsorgung handelte. Aber gänzlich dumm war die Recycling-Station auch nicht.
Jeden Tag fuhren dort unzählige Privatleute vor, um ihre Abfälle zu entsorgen. Das Einzugsgebiet war riesig und

schwer zu überprüfen. Und es entbehrte nicht einer gewissen Kaltblütigkeit, die Entsorgung einer Leiche vor Publikum vorzunehmen. Auffällig war, dass die Leiche sorgfältig getarnt in die Gartenabfälle geworfen wurde, statt einfach per Sack in den Müll.

Piet stellte seinen Fahrrad-Tacho ein und versuchte die Melancholie zu verscheuchen, die in ihm aufstieg. Der Anblick dieser kleinen Möchtegern-Punkerin hatte ihn schlagartig in seine eigene Jugend zurück katapultiert. Er musste an Koma denken, seinen Ersatzbruder, und die Clique, die ihn, den Kleinen, auf alle Konzerte und Partys mitgeschleppt hatte. Die Hälfte der Jungs war nicht mehr am Leben – in einer Kurve geradeaus gefahren, an Drogen draufgegangen oder einfach an Erbrochenem erstickt. Piet hatte die Kurve rechtzeitig gekriegt. Irgendwann war er auf dem Gehsteig in einer Lache aus verschüttetem Whiskey aufgewacht und hatte Karl-Otto, seine Ratte, zerquetscht aus der Innentasche seines Parkas gefischt. Vollkommen weggetreten hatte Piet sich auf seinen besten Freund gelegt. Da hatte es ihm gedämmert. Wenn du so weitermachst, bist du der Nächste. Er war siebzehn, als er sein Leben umkrempelte. Etwa so alt wie die Leiche von der Recycling-Station. Wenn einer von den Jungs wüsste, was er heute machte, würden sie ihn hassen. Aber seine Mutter hatte vor Freude geweint, als er nach Hause kam und sie das erste Mal wieder in den Arm nahm.

Um seine unbändige Wut nicht mehr zu ertränken, hatte er

angefangen zu trainieren bis er sich unter den besten Triathleten Deutschlands einreihen konnte. Der Sport hatte ihn auch dorthin gebracht, wo er heute war. Die paar harmlosen Dämonen, die ihn jetzt noch jagten, hielten ihn wenigstens auf Trab.

Piet starrte auf die Zahlen des Fahrrad-Tachos und stellte seinen Kopf aus, der nur noch ganz leise vor sich hin pochte.

Er hatte beschlossen zur Müllverbrennungsanlage zu fahren. Scheinbar wusste der Täter mehr über Müllentsorgung als er.

Als Piet zwei Stunden später das Büro betrat, fiel sein Lieblingskollege Christian fast vom Stuhl.

„Karl-Peter! Was machst du denn schon hier?“

Piet verzog sein Gesicht, als habe er in eine Zitrone gebissen. Niemand nannte ihn bei seinem vollen Namen. Das ließ er nur Christian durchgehen, der sich immer wieder diebisch freute, ihn damit ärgern zu können.

„Sorry, dass ich pünktlich bin! Wir haben eine Leiche und zwar seit sechs Uhr.“

Christian legte sein angebissenes Frühstücksbrot zurück in die Dose. Piet wusste ohne hinzusehen, dass es eine Graubrot-Stulle mit dick Butter, einer Scheibe Käse und einer Scheibe Schinken war. Dazu gab es wahlweise Radieschen oder Cocktailtomaten. Seit Jahren aß Christian zur selben Zeit dasselbe Brot. Auf ihn war Verlass.

Christian musterte Piets Veilchen, das doch noch ein wenig aufgeblüht war.

„Mann, Mann, Mann! Ich denke Sport ist was Gesundes!"
Bevor Christian reagieren konnte, kniff Piet ihm liebevoll in sein Doppelkinn.
„Jeder stirbt auf seine Weise!"
Christian versuchte Piet einen Knuff zu verpassen.
„Ich lach mich tot!"
Piet feixte.
„Geht auch!"
„Apropos! Neue Leiche?"
„Junges Ding. Wir warten erst mal auf die Papiere von den Kollegen."
Piet schaute sich um.
„Wo sind denn die anderen?"
Christian warf eine Cocktailtomate ein.
„Ulrike ist krankgeschrieben, irgendwas mit dem Muttermund. Die fällt schon vor dem Schwangerschaftsurlaub aus. Klaus ist noch nicht von Reha und Helmut hat Bandscheibe."
„Die Polizei, der Freund der Siechen und Lahmen!"
Christian grinste und zeigte auf Piets Veilchen.
„Musst du gerade sagen!"

Noch am selben Tag wurde Piet in die Rechtsmedizin gerufen. Er war immer bei den Sektionen dabei, um sich selbst ein Bild zu machen.
Andächtig wie zum Gebet standen sie um den jungen Leichnam herum, der nun ausgestreckt vor ihnen lag. Piet fand es jedes Mal absurd, dass man den Ausführungen

Rademanns automatisch in sich gekehrt und mit gefalteten Händen lauschte. Allerdings hatte das weniger mit Pietät zu tun, als damit, dass man lieber auf seine Finger starrte, als auf die Gedärme der Toten. Außerdem konnte man sich schlecht auf dem Sektionstisch abstützen wie auf einer Theke. Ein schwerer Geruch, an der Grenze des Verdorbenen, schwebte im Raum. Nur das kalte Licht schien alles steril zu halten. Piet schnüffelte an seinem Pfefferminzöl und versuchte sich auf seine eigenen Eindrücke zu konzentrieren, statt auf das Fachlatein, das Rademann in Atem beraubendem Tempo in sein Aufnahmegerät ratterte. Es würde ohnehin noch eine Zusammenfassung geben.
Die Präparatorin und der zweite Arzt standen am Rand, während Rademann seine Sektion zelebrierte. Anders konnte man es nicht nennen. Der Rechtsmediziner hatte in seinem Leben Tausende von Leichen seziert und trotzdem war er mit einer Intensität und Genauigkeit bei der Sache, die Piet nur bewundern konnte. Sein durchdringender Blick, der es gewohnt war Dinge zu sehen, bei denen andere Menschen sofort ihre Augen schlossen, bemerkte jede Kleinigkeit. Rademann nahm den Ypsilon-Schnitt selbst vor und entnahm die Organe, um sie wiegen zu lassen. Immer wenn er ein Organ aus dem Körper hob, musste Piet an die heidnischen Rituale denken, bei denen Auguren aus Eingeweiden die Gunst der Stunde deuteten.
Als die Staatsanwältin Schwiers und ein Kollege der KTU hereinkamen und schweigend an Piets Seite traten, waren sämtliche Proben bereits entnommen und die Präparatorin

beugte sich über den Leichnam, um den Schnitt, mit dem der Körper geöffnet worden war, wieder sorgfältig zu schließen. Es war ein seltsamer Anblick. Piet merkte, dass ihn ein leichter Schauer erfasste und kam sich albern vor. Die Präparatorin war vergleichsweise jung. Ein Zögling Rademanns. Und eine junge Frau, die einer anderen jungen Frau die Brust zunähte, war vielleicht ein abartiges, aber trotzdem ein perfektes Bild für den ewigen Kreislauf.

Rademann wusch sich die Hände und kam zu ihnen zurück.

„Rektaltemperatur relativ zur Außentemperatur, Leichenflecken und Leichenstarre nach zu urteilen, dürfte der Leichnam zum Zeitpunkt des Auffindens etwa 13 bis 15 Stunden alt gewesen sein. Todeszeitpunkt also zwischen 16 und 18 Uhr des vorherigen Tages. Bis auf die vielfältigen Hämatome, die an unterschiedlichsten Stellen in unterschiedlich stumpfer Art auf den Körper eingewirkt haben, sind keinerlei Verletzungen festzustellen. Keines der Hämatome kann zum Tod geführt haben, insofern sind sie meines Erachtens auf die Ablage, das Hineinwerfen des Leichnams in den Müllcontainer, zurückzuführen. Wir haben auch keinerlei weitere Fremdstoffe am Körper oder aus den Körperöffnungen isolieren können. Das heißt, am gesamten Körper wurden keine Spuren festgestellt, die auf fremde DNA hinweisen könnten. Richtig?“

Rademanns Blick ging fragend zu Meyerdiercks.

„Wir haben Faserspuren abgenommen. Herkunft noch unklar. Das, was Fingerabdrücke sein könnten, ist nicht verwertbar."
Schwiers stellte die offensichtliche Frage.
„Und im Intimbereich?"
„Weder im genitalen noch im extragenitalen Bereich wurden Verletzungen gefunden, die als Hinweise auf nicht einvernehmlichen Sexualverkehr dienen könnten. Der Abstrich wird Weiteres zeigen. Die Blase war entleert, so dass für die toxikologische Untersuchung kein Urin zur Verfügung steht, aber die Blutproben sind ausreichend."
Piet beobachtete Rademanns Präparatorin, die an den Lippen des großen Meisters hing, und hatte plötzlich das starke Bedürfnis die Prozedur abzukürzen.
„Mit anderen Worten: Es gibt keinerlei Hinweis auf ein Tötungsdelikt, es sei denn die Toxikologie wird fündig."
Rademann schaute Piet befriedigt an, als ob er besonders brav aufgepasst hätte.
„Genauso ist es!"
„Also vorzeitiger Herzstillstand ohne erkennbare Ursache. Das heißt, es kann von einem Unfall bei einer Poolparty bis zum sexuellen Delikt, bei dem der Täter nicht zum Zug kam, weil das Opfer just in dem Moment an Herzversagen verstorben ist, alles sein. Und das in dem Alter!"
Die Staatsanwältin sah Piet tadelnd an.
„Herr Szukay, bitte ersparen sie uns Ihren ironischen Unterton!"
Die Schwiers war von jeher ein Musterbeispiel an lehrmeisterlicher Humorlosigkeit.

Eine Kombination, die Piet besonders liebte. Schon bei ihrem allerersten Händeschütteln hatte ihn eine tiefe Abneigung gegen diese Frau erfasst. Eine unzufriedene Profilneurotikerin, die glaubte, man müsse sie dafür respektieren, dass sie ihre Position als Persönlichkeits-Krücke benötigte. Zu dumm, um zu begreifen, dass Respekt eine Ehrbezeugung und kein Lohn war. Solche Leute ließen sich leider nur mit einem Quantum Verachtung in ihre Schranken weisen.

„Meine liebe Frau Schwiers, Ihre Abneigung gegen Metakommunikation in allen Ehren! Die Frage, die sich doch wohl automatisch anschließt, ist die, ob die junge Frau einen Herzfehler oder sonst eine Prädestinierung für so einen frühen Tod besaß."

Rademann wiegte als Antwort den Kopf.

„Zumindest nicht hier auf dem Tisch nachweisbar. Die entnommenen Organe waren alle in gutem, dem Alter entsprechendem Zustand. Die Gewebeproben werden auch hier mehr Aufschluss geben können."

Leicht beleidigt brachte die Staatsanwältin ihr Resümee vor.

„Unabhängig davon, ob es sich um einen schuldhaft verursachten Unfall oder Vorsatz handelt, die Entsorgung spricht für ein Delikt. Wir warten auf die Ergebnisse aus dem Labor, und dann denken wir über eine Mordkommission nach."

Piet nickte einverstanden. Er war erleichtert, dass nicht sofort eine MoKo gebildet wurde.

Selbst die Schwiers war nicht gegen Gefühle gefeit und ein scheinbar unbescholtenes, junges Mädchen rief immer eine andere Dringlichkeit hervor als ein Erwachsener.
„Das gepflegte Äußere der Leiche spricht dafür, dass sie eher aus sozial gesicherten Verhältnissen kam. Ich könnte mir denken, dass unser Informationssystem schnell zu einer Vermisstenanzeige führt, die zur Aufklärung beitragen wird."
„Das können wir nur hoffen!"
Das Handy der Staatsanwältin summte. Sie nickte ein schnelles ‚Auf Wiedersehen' und rauschte davon.

2

„Willst du mehr?“

„Ja, Herrin!“

„Und was meinst du, womit du unverschämter Gierhals das verdient hast?“

„Ich…“

„Na?!“

„Weil…Weil ich so gierig bin?“

Katharina lehnte sich auf ihrem schwarzen Thron zurück, musterte das Fleischbündel, das vor ihren Füßen kauerte, und erfreute sich an ihrer gekonnten Fixierung. Vom Halsband lief eine Kette geradewegs hinunter zu seinen Kronjuwelen. Von dort seinen After wieder hinauf zu den Händen, die sie ihm auf den Rücken gefesselten hatte. Jedes Mal, wenn er den Kopf oder die Hände bewegte, schnitt er seinem Unterleib die Säfte ab. Unverbesserlich wie er war, versuchte er trotzdem mit seiner Zunge an ihre Stiefel zu kommen. Katharina zündete eine Zigarette an und zog, bis die Glut leise knisterte. Verächtlich stieß sie den Rauch in das gesenkte Gesicht ihres Sklaven.

„Du wagst es Ansprüche zu stellen?“

„Verzeiht, Herrin.“

„Wie lange kennen wir uns schon?“

„Lange, Herrin!“

„Ich habe dich gefragt, wie lange!“

„Fünf Jahre, Herrin.“

Katharina stand auf und ging gemächlich um das Fleischpaket herum. Mit ihrem langen Latexrock strich sie um seinen nackten Körper.
„Fünf Jahre, in denen du immer noch nicht gelernt hast, worauf es mir ankommt! Weißt du wie weh mir das tut?"
„Nein, Herrin. Ich meine! Ja, Herrin!"
„Du gibst dir nicht die geringste Mühe!"
„Doch, Herrin! Ich bemühe mich doch! Ich…"
„Schweig! Fünf Jahre!"
„Verzeiht, Herrin! Verzeiht!"
Sie zog noch einmal an der Zigarette und aschte auf ihrem Sklaven ab. Dann klemmte sie seine nicht vorhandene Taille zwischen ihre hohen Stiefel. Gierig schnappte er nach den Absätzen. Sofort drückte sich die Kette fester in sein Fleisch, er wimmerte. Noch einmal ließ sie den Aschekegel orangerot aufglühen. Dann setzte sie die erste Marke. Es zischte leise. Ihr Sklave zuckte heftig zusammen, doch sein Stöhnen sagte ihr, dass sie die perfekte Mischung aus Genuss und Schmerz getroffen hatte. Sie machte eine Pause, damit er sich sammeln konnte und wieder stillhielt. Sie legte Wert auf Präzision.
„Was war das?"
„Die Eins, Herrin!"
„Welche eins?"
„Die Eins für unser erstes Jahr."
„Bravo!"
Sie setzte das nächste Jahr und drückte die Zigarette so lange auf seinen Rücken, dass die Marke klar umrandet

war. Eine schöne Erinnerung, von der er ein paar Wochen zehren konnte.
„Warum höre ich nichts?"
„Zwei! - Drei! - Vier! - Fünf!"
Sie trat von dem sich verzückt windenden Fleischbündel zurück und beobachtete zufrieden, wie sich von seinem aufgerichteten Glied ein Glückströpfchen löste. Ein tiefes Stöhnen kündigte den Rest an.
„Und wie heißt das?"
„Danke, Herrin! Tausend Dank!"
Sie schaute auf die Uhr. Exakt eine Stunde, bis sie ihn wieder soweit hatte. Sie beugte sich zu ihrem Sklaven herunter und öffnete das Schloss an seiner Kette.
„Bis bald, mein Bester!"

Langsam rieselte das lauwarme Wasser über ihren schwarzen Latexrock. Sorgsam hängte Katharina das abgespülte Stück direkt über die Wanne, in der die anderen Latexteile der Session schwammen. Die Korsage, die Handschuhe und die Overknees, die sich eng gefaltet in der weißen Keramik drängten, wirkten wie Aale, die auf ihre Tötung warteten. Das brachte sie auf eine Idee für ihr nächstes Spiel… Es klingelte. Katharina hielt überrascht inne. Es war ihr privater Anschluss. Während ihr Smartphone so gut wie nie still stand, hatte sie das Klingeln des altmodischen Telefonapparats seit ewigen Zeiten nicht mehr gehört. Mit gemischten Gefühlen hastete sie in den Flur und nahm ab.
„Katharina Jakob?"
„Katharina! Ich bin's!"

Katharina hatte Mühe aus der nasalen und vollkommen verzweifelten Stimme die ihrer Schwägerin herauszuhören.
„Sabine? Was ist passiert?"
Sabine schluchzte auf und schluckte hörbar die kommenden Tränen herunter, um sprechen zu können.
„Céline! Sie ist verschwunden."
Erleichtert atmete Katharina durch. Sie hatte mit Schlimmerem gerechnet.
„Wie lange denn schon?"
„Seit drei Tagen!"
Katharina schraubte ihre Stimme eine beruhigende Terz tiefer und fing an zu argumentieren.
„Nun krieg dich erst mal ein! Céline ist doch schon häufiger abgehauen, und sie ist immer wieder nach Hause gekommen. Wahrscheinlich war sie auf einer Wahnsinns-Party, hat bei einem Typen gepennt, in einer WG oder sonst wo. Du weißt doch selbst wie das ist! Erst genießt man die totale Freiheit und dann traut man sich nicht nach Hause. Das Kind ist…"
Katharina zögerte eine Millisekunde. War ihre Nichte schon sechzehn? Oder siebzehn? Sie hatte sie seit Jahren nicht mehr gesehen.
„…kein Kind mehr!"
Während Katharina nach besseren Argumenten suchte, schnaubte Sabine ohrenbetäubend in ein Taschentuch.
„Normalerweise ruft sie mich spätestens nach einem Tag an. Ich wusste immer ungefähr Bescheid. Aber jetzt, nichts!"

„Hast du schon die Polizei verständigt?"
Sabine wurde wütend.
„Gleich am nächsten Tag! Bei uns auf der Wache! Aber die kennen Céline ja auch, und die haben genau das Gleiche gesagt wie du!"
„Wenn sie morgen noch nicht da ist, gehst du wieder hin!"
„Da kannst du Gift drauf nehmen! Und wenn die Alte von Günther noch mal die Nägel billiger gemacht haben will, dann blase ich der aber den Marsch, wenn ihr Dorfdödel von Bulle nichts unternimmt!"
Katharina musste grinsen. Da war sie wieder, ihre kämpferische Schwägerin. Die Frau, die sie immer dafür bewundert hatte, wie sie ihr Schicksal ertrug. Sie fragte sich, warum sie sich eigentlich so lange nicht bei ihr gemeldet hatte.
„Und was kann ich für dich tun?"
„Ich dachte, vielleicht ist sie bei euch oder zumindest in der Stadt."
Katharina spürte, wie sich ein unsichtbares Gewicht auf ihre Brust legte und ihr die Antwort gab, warum sie den Kontakt zu Sabine vermieden hatte.
„Bei mir hat sie sich nicht gemeldet."
„Und Gerry? Vielleicht ist sie bei ihm?"
Katharina holte tief Luft.
„Sabine, ich habe keine Ahnung, ob er noch da wohnt. Und wenn nicht, wird es schwierig ihn zu finden. Mal ganz abgesehen davon glaube ich im Leben nicht, dass er Céline bei sich behalten würde. Oder, dass sie bei ihm bleiben wollte."

Die Verzweiflung in Sabines Stimme brach Katharina fast das Herz.
„Katharina, bitte! Könntest du wenigstens in diesem Obdachlosenheim, oder was das ist, nachgucken? Ich weiß, es ist wahrscheinlich sinnlos. Aber, bitte!“
„Okay. Ich fahre hin und gebe dir Bescheid.“
„Oh, danke! Ich danke dir!“
Sabines Dank kam mit so viel hörbarer Erleichterung, dass Katharina gar nicht mehr anders konnte.
„Gerne! Bis ganz bald, okay?“

Die Männer, die vereinzelt vor den niedrigen Baracken saßen, schauten verwundert auf. Ein Jaguar in klassischem Racing Green bog auf den schlecht gepflasterten Innenhof ein. Als sie feststellten, dass der Wagen sich nicht verirrt hatte, sondern der Motor ausgestellt wurde, tauchte in ein paar der verquollenen Augen vor Überraschung das Weiße auf. Eine elegante Dame mit akkuratem Pagenkopf und tadellosem Makeup stieg aus. Sie zog ihren Kamelhaarmantel etwas enger um ihre schlanke Figur und schaute sich suchend um. Nun blitzte das Weiße in allen Augen. Die Frau strebte auf eine der halb verwaschenen Hausnummern zu.
Katharina hielt den Atem an, als sie den dunklen Flur betrat. Mühsam bahnte sie sich einen Weg durch nicht entsorgten Unrat und suchte bei dämmrigem Licht an den Türen nach ihrem Familiennamen. An einigen Türrahmen waren Namen mit Kugelschreiber gekritzelt worden, oft

mehrere, mal durchgestrichen, mal nicht. Andere hatten kleine Aufkleber mit ihren Namen angebracht. An den meisten Türen stand gar kein Hinweis. Katharina wäre am liebsten auf dem Absatz umgedreht, doch sie zwang sich weiterzugehen. Im zweiten Stock entzifferte sie tatsächlich ein paar Hieroglyphen, die bei näherem Hinsehen „Jakob“ heißen konnten. Sie schloss die Augen, sammelte sich kurz und klopfte. Zuerst hörte sie nichts. Sie klopfte noch mal. Eine aggressive Frauenstimme erklang.
„Wer is’n da?!!“
Katharina verzog das Gesicht. Sie konnte sich vorstellen, was sie erwartete.
„Hier ist Katharina Jakob. Ich möchte meinen Bruder sprechen, falls das möglich ist!“
Die Tür öffnete sich einen Spalt und etwas Verbrauchtes mit fettigem Haar, toten Augen und Mundwinkeln, die bis an die Kinnlinie reichten, musterte Katharina abfällig.
„So? Die liebe Familie? Was für eine Überraschung!“
Der Spalt schloss sich wieder und Katharina hörte wie die Frau, die irgendwann einmal ganz hübsch gewesen sein musste, etwas in das Zimmer keifte. Kurz danach öffnete sich die Tür und Katharina betrat einen kahlen Raum, der außer einem Bett mit völlig verbrauchter Bettwäsche,
einem Stuhl und einem Regal mit Fernseher nichts zu enthalten schien außer Müll und Altglas. Das Fenster stand auf Kipp, wodurch die Melange aus menschlichen Ausdünstungen und Restalkohol gerade noch zu ertragen war.
Katharina richtete sich an die Frau.

„Würden Sie uns bitte allein lassen? Ich habe etwas mit meinem Bruder zu besprechen!"
Die Frau ließ ein abfälliges Lachen hören und schlurfte aus dem Zimmer. Katharina schaute zu ihrem Bruder, der zumindest halb bei Bewusstsein schien.
„So! Die Frauen stehen also immer noch auf dich..."
Gerry öffnete seine Augen soweit es ging und grinste. Dabei entblößte er zwei Zahnlücken.
„Schwesterchen!"
Er richtete sich auf und sah sie verächtlich an.
„Was willst du denn hier? Putzen?"
Selbst im desolatesten Zustand konnte ihr Bruder eine unglaubliche Arroganz ausstrahlen. Katharina kam es vor, als ob sie in einen schlecht geschliffenen Spiegel blickte.
„Lass deine Herablassung! Tiefer kannst du nicht mehr sinken. Und glaub bloß nicht, dass ich wegen dir hier bin! Es geht um Céline. Sie ist von zu Hause weg und Sabine kam auf die verrückte Idee, dass sie bei dir aufgetaucht sein könnte."
Gerry streckte seine zitternde Hand aus und fingerte neben seinem Bett nach einer Flasche Korn, die er mit so viel Gelassenheit aufschraubte, wie es ihm möglich war. Nach dem ersten tiefen Schluck sah er Katharina halbwegs fest in die Augen.
„Was wäre daran so absonderlich? Céline hängt an mir!"
Er tippte sich mit der Hand auf die Brust, in der er die Flasche hielt. Der Inhalt schwappte leise mit jeder Bewegung mit.

„Ich bin ihr Vater! Und es war nicht unsere Entscheidung voneinander getrennt zu werden!“
Katharina verzog verächtlich ihre roten Lippen.
„Lass die Pseudo-Fürsorge. Du warst längst zu keiner Entscheidung mehr fähig! Und du warst längst kein Vater mehr! War Céline nun hier oder nicht?“
„Und was wäre, wenn?“
„Dann würde ich es gern wissen. Das ist alles!“
Gerry lehnte sich wieder zurück und schüttelte verneinend den Kopf. Katharina atmete erleichtert auf. Nicht wegen der Antwort, sondern weil das Gespräch hiermit für sie beendet war. Doch Gerry sah das anders.
„Habt ihr euch mal darüber Gedanken gemacht, warum Céline so oft von zu Hause weg ist?“
Katharina hob abwehrend ihre Hände. Gerry richtete sich auf.
„Ist doch kein Wunder! Das fing alles nach der Trennung an!“
Katharina versuchte ihre Wut zu zügeln.
„Du kannst froh sein, dass du jemanden wie Sabine hast! Oder vielmehr hattest! Niemand sonst hätte es so lange mit dir ausgehalten! Und du? Hauptsache, du kannst in deinem Selbstmitleid baden!“
„Ha! Was bleibt mir bei euch verdammten Übermuttis denn übrig! Ihr denkt doch, ihr habt die Weisheit mit Löffeln gefressen! Und wehe sie wird nicht von allen geschluckt!“
Gerry belohnte sein treffendes Bonmot sofort, indem er

sich den nächsten Schluck Korn zu Gemüte führte. Katharina verlor ihre Selbstbeherrschung und schrie ihren Bruder an.
„Wenigstens bin ich kein jämmerliches Opfer, das alle anderen für sein Leben verantwortlich macht und auch noch mit in den Dreck zieht!“
Sofort verfluchte sie sich dafür. Gerry hatte erreicht, was er wollte. In seinen Augen blitzte der alte Jähzorn auf.
„Ja, ja! Die starke Kathi war ja auch immer Papis Liebling! Mutti hing an mir und Papi an dir. Was für schöne Ersatzbeziehungen! Würde zu gern wissen, ob es bei Euch so war wie bei uns…“
Katharina sah Gerrys bösartig befriedigtes Lächeln. Ihr wurde schlecht. Sie musste sich an dem schmierigen Türpfosten festhalten und klebte an den Schichten aus jahrzehntealtem Nikotin fest. Sie schluckte mehrmals bis sie endlich wieder einen Ton herausbekam.
„Ich bin nicht du.“
Gerry ließ ein irres Lachen hören. Katharina drehte sich um und ging ohne die Tür hinter sich zu schließen.

Erschöpft ließ Katharina sich in ihren Fahrersitz gleiten, atmete den Geruch von schwerem Leder und verwehtem Parfüm ein und starrte auf das Wurzelholz der Konsole. Dann startete sie ihr Raumschiff, um schnell wieder in ihre eigene Galaxie zu gelangen.

Piet spurtete ins Büro. Durch die Glastür sah er bereits, dass Christian ihm entgegen grinste.

„Du sollst zu Herbert kommen!“
„Ganz was Neues!“
Piet fischte im Vorbeigehen die aktuelle Fall-Akte von seinem Tisch und marschierte weiter an den leeren Plätzen vorbei zum Büro seines Vorgesetzten.
Er klopfte einmal kurz an und trat unmittelbar danach ein. Herbert Kozlowski schaute flüchtig von seinen Papieren auf und wies mit seiner Hand auf den Stuhl vor dem Schreibtisch. Piet setzte sich und wartete bis Herbert zu Ende geschrieben hatte.
„Entschuldige! Immer eins nach dem anderen, sonst steige ich irgendwann nicht mehr durch. Das Alter!“, grinste er schelmisch.
Piet tat entrüstet.
„Herbert! Du bist doch noch topfit!“
„Komplimente helfen mir jetzt auch nicht weiter!“
Piet lachte.
„Loriot!“
Herbert nickte. Dann wurde er ernst.
„Was sagt das Labor zum Fall von der Recycling-Station?“
Piet atmete ratlos aus.
„Sie hatte Alkohol im Blut. Aber die Konzentration war noch nicht hoch genug für eine Vergiftung. Die Blase war entleert. Haarproben komplett unauffällig. Was eigentlich klar war. Nach regelmäßigem Drogenkonsum sah die Kleine wirklich nicht aus. Die mikroskopischen Untersuchungen des Gewebes haben Rademanns sichtbare Diagnose bestätigt. Keine krankhafte Veränderung des Herzens.

Es bleibt ein plötzlicher Herztod aus Gründen, die nicht nachweisbar sind. Laut Rademann soll das häufiger vorkommen als man denkt. Und keinerlei fremde DNA. Absolut nichts! Alles, was die KTU gefunden hat, sind die Haare des Opfers und Baumwollfasern, die wahrscheinlich von der eigenen Kleidung stammen, sowie Fingerabdrücke, die nicht verwertbar sind. Wenn die Auffinde-Situation nicht wäre, könnte man gar nicht von einem Delikt ausgehen."
Herbert schüttelte den Kopf.
„Hat unser Informationssystem schon etwas gebracht?"
„Die Personenbeschreibung ist drin, aber bisher noch keine Deckung mit einer Vermisstenanzeige. Was mich ziemlich wundert. Ich hätte vermutet, dass die Tote Angehörige hat, die sofort reagieren. Allerdings gibt es bis auf das Piercing auch keinerlei besondere Kennzeichen."
„Tscha, ein junges Ding, das aussieht wie viele in ihrem Alter. Außerdem ist sie um die 18. Es kann sehr gut sein, dass keine Anzeige aufgegeben wurde. Entweder von den Angehörigen nicht, oder von den Kollegen nicht. Ab 18 kann man sich aufhalten, wo man will und ist niemandem Rechenschaft schuldig."
Piet klappte den Aktendeckel zu.
„Vielleicht geht der Täter ja in Serie. Dann wird es einfacher."
Herbert kräuselte die Stirn.
„Das könnten wir bei unserer derzeitigen Unterbelegung gerade noch gebrauchen!"

Piet sah Herbert besorgt an. Er war ehrlich aufgebracht und wirkte gleichzeitig sehr müde. Piet machte eine Geste mit den Händen, die Entschuldigung und Zustimmung vereinte.
„Momentan sieht es für mich so aus, als ob jemand eine Tote entsorgt hat, an deren Tod er mittelbar Schuld war und insofern Angst vor Entdeckung hatte.“
„Das gibt es ja einige Szenarien.“
Piet wiegte überlegend den Kopf.
„Nackt, Intimrasur, Piercing… So etwas hat zwar mittlerweile jede Kindergärtnerin, aber Sexspiele wären naheliegend. Die Alkoholmenge reichte, um ‚gut drauf‘ zu kommen. Gewalt wurde in keinerlei Hinsicht ausgeübt. Vielleicht wurde sie gelockt und sollte sich dann prostituieren, oder es sollten pornografische Aufnahmen gemacht werden. Vielleicht wurde sie dem Täter im Rahmen von Menschenhandel und Zwangsprostitution zugeführt. Das würde auch die fehlende Vermisstenanzeige erklären. Letzten Endes kann man zum jetzigen Zeitpunkt nur mit einem Phantombild in den einschlägigen Kreisen fahnden und eine Suchmeldung bei uns auf die Seite stellen.“
„Dann gib die Daten erst mal an die Kollegen von der Sitte weiter. Mal sehen, ob die etwas erreichen.“
Über Herberts Gesicht wanderte ein Schatten, auf den Piet sofort reagierte.
„Noch was?“
„Ja, da ist noch etwas.“

Herbert räusperte sich wie zur Beichte und Piet sah ihm an, dass etwas folgen würde, das sie beide betraf.
„Ich höre Ende des Jahres auf."
Piet musterte seinen väterlichen Mentor verständnislos. Nur langsam dämmerte ihm die Bedeutung der wenigen Worte.
„Jetzt guck nicht wie ein angeschossener Elch. In unserem Städtchen verliert man sich doch nicht aus den Augen! Helene will einfach, dass ich in Altersteilzeit gehe, bevor wir als Fremde in unseren Gräbern landen. Das ist deine Chance für einen Schubs nach oben! Ich würde dich als meinen Nachfolger vorschlagen und ich glaube, da gäbe es nicht viel Widerstand."
Piet verzog das Gesicht wie ein Teenager, dem Mutti einen besonders schönen, und damit besonders inakzeptablen Pullover gekauft hatte.
„Herbert! Du kennst mich doch! Da würde ich genauso eingehen, wie deine Primel da!"
Herbert schaute schuldbewusst zur Fensterbank, auf der ein unbeugsames Usambaraveilchen versuchte zwischen Stapeln von Papieren und Akten etwas Sonne zu sehen.
„Junge! Jetzt werde mal erwachsen! Bei deinen Fähigkeiten könntest du doch schon ganz woanders sein!"
„Herbert, ich danke dir. Wirklich! Aber du weißt doch, dass ich am liebsten…"
Herbert vollendete vorwurfsvoll den Satz.
„…draußen unterwegs bist! Ich weiß! Und im Team arbeitest du auch nicht gern. Solltest du aber!"

Piet merkte selbst, dass er ein trotziges Gesicht zog und korrigierte seine Gesichtszüge schnell wieder.
„Ich arbeite doch mit dem Team! Und ich meine ja auch nicht unsere Leute."
„Sondern?"
„Die Kostümkarrieristen."
Bevor Herbert sich weiter entrüsten konnte, brachte Piet noch ein äußerst stichhaltiges Argument.
„Außerdem trainiere ich gerade für die CyClassics in Hamburg!"
Herbert rollte liebevoll mit den Augen.
„Du und dein Pedalen-Tick! Ich sag dir was! Wenn man mich fragt, schlage ich dich als Kommissariats-Leiter vor. Wenn sie dich wollen, dann kannst du Sturkopf immer noch nein sagen!"
Nachdem Piet Herberts Tür hinter sich geschlossen hatte, blieb er im Gang stehen und atmete durch bis ihm klar wurde, dass er Herbert jetzt schon vermisste. Herbert war einer vom alten Schlag. Einer, bei dem jedes Wort Gewicht hatte. Was er sagte, meinte er auch so. Herbert ging es immer um die Sache oder um seine Leute, nie darum sich selbst darzustellen. Wenn etwas schief lief, übernahm er die Verantwortung ohne jemanden zu denunzieren oder die Schuld abzuwälzen. Herbert hatte Mut, Anstand und Klasse. Einfach diesen ganzen altmodischen Kram, den es heute kaum noch gab.
Piet spürte wie sein Körper sich mit Druck füllte, der gegen sein Inneres presste wie Luft gegen eine Reifenwand.

Er fingerte sein Handy heraus, scrollte und blieb bei Betty hängen. Es war Mittagszeit. Vielleicht war sie gerade in der Pause. Sein Finger schwebte über ihrem Namen. Eine schnelle Nummer auf dem Parkplatz. Billige Ablenkung. Sie wartete darauf. Aber es würde nicht helfen. Gegen Trauer half Sex nie. Er steckte das Handy wieder weg und fühlte sich trotzdem wie ein Schwein. Er würde sich bald bei ihr melden. Ganz bestimmt.

In der Küche ihres Studios schenkte Katharina sich einen Tee ein. Ihr Loft bestand aus zwei nebeneinander liegenden Wohnungen. Sowohl auf der dienstlichen wie auf der privaten Seite hatte sie alles, was sie brauchte. Zwei Leben auf gespiegeltem Grundriss.

Bis zu ihrem nächsten Gast hatte sie noch eine halbe Stunde Zeit. Das passende Outfit trug sie bereits, Reizwäsche und darüber eine schwere Gummischürze. Die hohen Gummistiefel, die ihre Schenkel bis zum Schritt umschlossen, standen neben ihrem Tisch bereit. Sie versuchte sich auf das kommende Spiel einzustellen. Ihr Gast wollte eine Schlachtung. Katharina hoffte als Schwein. Das war besser zu inszenieren als ein Rind. Sie dachte darüber nach, wie sie seine Borsten abflammte und blieb mit ihrem Blick am Wandkalender hängen.

Es war schon fast vier Wochen her, dass ihre Nichte als vermisst gemeldet wurde, und es gab immer noch keine Spur von ihr.

3

Der Bodennebel des frühen Morgens hatte sich aufgelöst. Im hellgrünen Moos und den feinen Haaren des Bärengrases hingen noch Tautropfen. Witternd schnürte ein braunweiß gecheckter Jagdhund durch das Unterholz. Sein Herrchen folgte ihm so leise wie möglich, doch jeder Schritt hinterließ ein leises Krachen in der Stille.

„Freya! Wirst du wohl!“

Der Hund parierte nicht, strebte unaufhaltsam zum Waldrand und schlug an. Der Jäger hastete seinem Hund hinterher. Als er ihn eingeholt hatte, schaute er sich verwirrt um. Sein Hund stand auf freiem Feld und bellte ein Hünengrab aus der Bronzezeit an.

„Freya, aus!“

Freya ließ sich nicht beruhigen. Der Jäger kniete sich neben seine Hündin und schaute zu dem Felsen hoch, der wie eine unförmige Tischplatte auf den aufgerichteten Findlingen ruhte. Sein Blick wanderte am Unterbauch des breiten Felsen entlang. Auf der anderen Seite sah er vier kleine Punkte in Purpurrot. Der Jäger ging um das Grab herum.

Die vier Punkte waren die Fingerkuppen einer Hand, die an einem zarten Arm vom Felsen herabhingen. Der Arm war allerdings nicht mehr auf Anhieb zu erkennen.

Er hatte sich in seiner Farbe dem bewachsenen Stein angeglichen, grünlich grau geädert. Nur die Finger, in denen sich das Blut gesammelt hatte, waren dunkler als der Fels. Der Wind frischte auf und der Jäger sah blondes Engelshaar auf sich zu schweben. Als die Haare sein Gesicht streiften, wurde ihm klar, dass er keine Erscheinung hatte. Die Haare waren echt. Sie hatten sich vom Kopf der Leiche gelöst.

Als Piet bei dem Hünengrab ankam, lehnte schon eine Leiter an dem Dolmen. Ein junger Beamter stand gedankenverloren vor dem Schild, welches das Grab als eine Attraktion auf dem archäologischen Pfad auswies. Piet kannte den Ort, der etwas abseits der Route lag, so wie jeder Radwanderer das Grab von weitem kannte. Von oben hatte er das Hünengrab noch nie gesehen. Das Mädchen lag nackt auf der Felsplatte, als ob sie sich sonnen wollte. Ihre Arme und Beine waren leicht ausgebreitet, das Gesicht blickte himmelwärts. Der Himmel war klar und absolut nichtssagend. Keine Wolke, kein Vogel, noch nicht mal ein Changieren des Blaus zeigte irgendeine Regung am Firmament.
Auch wenn sie jetzt nur noch ein aufgedunsenes Stück Fleisch war, die Tote war blond und gepierct. Die kleinen Silberringe lagen noch in der Haut, die an einigen Stellen bereits von Fäulnis in Verwesung überging. Unterlippe und Brustwarze. Piet fluchte leise. Zwei Leichen waren zwar noch keine Serie, aber ein Anfang.

An der Wand des Besprechungsraumes prangten die Bilder der beiden Mordopfer. Die eine, wie aus Frischhaltefolie gepellt, die andere bereits in Auflösung begriffen. Es sah aus, als habe der Fotograf von ein und derselben Leiche nach zwei Wochen noch einmal eine Aufnahme gemacht, um ihren Verfall zu dokumentieren.
Wie eine fürsorgliche Glucke verteilte Christian Teller mit Keksen auf dem Tisch, an dem Herbert, Piet, Marquardt, der Pressesprecher und die Schwiers saßen. Piet runzelte die Stirn.
„Reha? Bandscheibe? Alles beim Alten?"
Herbert nickte.
„Und Ulrike ist jetzt im offiziellen Schwangerschaftsurlaub. Trotzdem wurde die Mordkommission bestätigt."
An diesen Satz knüpfte die Schwiers sofort an.
„Ich werde für eine schnelle Schwangerschaftsvertretung sorgen und zusätzliche Kollegen anfordern. Nächste Woche sollten Sie Verstärkung haben. Wen schlagen Sie aus den anderen Abteilungen vor?"
Herbert überlegte nicht lange.
„Aus der Sitte arbeiten wir schon mit zwei Kollegen zusammen, die sollten auf jeden Fall mit in die MoKo. Und ich übernehme die Leitung selbst, damit unser Personal draußen ermitteln kann. Herr Szukay ist mein Stellvertreter und übernimmt die Leitung des Ermittlungsteams."
Piet konnte seine Erleichterung nur schwer verbergen, dass er nach seinem Gusto weiterarbeiten konnte. Herbert wendete sich ihm und Christian zu.

„Stellt euch 'ne Pritsche hier rein."
Christian griff seufzend zum ersten Keks.
Marquardt beobachtete ihn und verzog angeekelt seinen Mund. Piet hatte den Pressesprecher schon lange im Verdacht magersüchtig zu sein. Kameras machten schließlich dick, und wenn man unbedingt hautenge Designeranzüge tragen wollte... Marquardt hatte dieses typische, pausbäckige Gesicht, das wie eine überdimensionierte Maske wirkte. Der Kopf eines Kindes auf einem ausgezehrten Männerkörper. Marquardt blickte fordernd in die Runde.
„Und? Was haben wir jetzt?!"
Piet rückte sein Laptop zurecht und fing an zu referieren.
„Größe, Haarfarbe, ungefähres Alter sowie besondere Merkmale stimmen mit dem vorherigen Opfer überein. Die KTU hat keinerlei fremde Spuren an den Körpern gefunden. Die erste Leiche stand unter Alkoholeinfluss. Der restliche Tox-Screen war negativ. An der zweiten Leiche waren aufgrund ihres Zustandes kaum noch Spuren nachzuweisen. Dafür gibt es bei ihr eine interessante Neuerung: Verletzungen an Zungenbein und Kehlkopf deuten auf eine Strangulation hin."
Herbert runzelte die Stirn.
„Das könnte zu den Szenarien passen, die wir im Kopf hatten. Sexspiele, Folterspiele, irgendetwas Perverses. Vielleicht nichts, was zum Tod führen soll, aber kann."
Piet schüttelte den Kopf.
„Wenn man die Fälle im Zusammenhang sieht, kann die erste Leiche noch ein Unfall gewesen sein, aber umso

sicherer ist die zweite Leiche keiner mehr! Sie wurde nur sechs Wochen nach der ersten getötet. Extrem schnell also. Der Täter scheint Blut geleckt zu haben und ist sich seiner Vorgehensweise bewusster geworden."

Die Schwiers schnellte nach vorn wie ein Körner pickendes Huhn.

„Das ist spekulativ!"

Piet klickte in der Präsentation weiter und schaute herausfordernd in die Runde. Auf der Wand waren zwei Phantomzeichnungen erschienen, die sich gespenstisch ähnelten. Herbert schaute Piet verwundert an, Piet bestätigte.

„Jepp! Links ist das Porträt der ersten Leiche. Rechts ist die Rekonstruktion der zweiten Leiche!"

Herbert brummte.

„Seit wann haben wir die?"

„Erst seit heute Morgen."

Die Runde lehnte sich fast unisono mit verschränkten Armen zurück. Piet fuhr fort.

„Was wir hier haben ist quasi ein doppeltes Lottchen. Größe, Statur, Aussehen, besondere Kennzeichen, alles zum Verwechseln ähnlich. Ich denke bei dieser Ähnlichkeit der Opfer und der schnellen Abfolge kann man von demselben Täter ausgehen."

Die Schwiers wedelte mit ihrem Finger über die Bilder an der Wand.

„Und wie alt war die zweite Leiche beim Auffinden? Ich meine, die Erste war ja total frisch. Vielleicht ist die zweite Leiche älter als die Erste!"

„Die zweite Leiche war ungefähr zwei Wochen alt."
„Älter nicht?"
„Nein. Die Maden in den Körperhöhlen waren noch verpuppt. Das deutet auf einen Zeitraum von zwei bis drei Wochen hin. Die Ablage an der frischen Luft hat zudem für einen ungleich schnelleren Verwesungsprozess gesorgt. Rademann hat auf die klimatischen Veränderungen hingewiesen. Wir haben den wärmsten April seit Jahren, dazu noch eine relativ hohe Luftfeuchtigkeit. Das waren geradezu ideale Bedingungen."
Herbert grummelte.
„Ein Hoch auf den Klimawandel!"
Christian zeigte mit einem Waffelröllchen auf Piet.
„Vielleicht wollte der Täter das mit der schnellen Verwesung erreichen? Dann hätte die Ablage außerhalb der Augenhöhe doch auch etwas Pragmatisches."
„Guter Punkt! Auch die erste Ablage setzte auf den Verwesungsprozess. Sie wurde sorgfältig in Heu gewickelt, damit Luft an sie herankommt. In der Kompostier-Anlage hätte sie mindestens noch mal eine Woche auf einem Berg für Gartenabfälle gelegen und Zeit gehabt, vor sich hin zu rotten."
Schwiers schüttelte den Kopf.
„Und wozu der Aufwand? Man hätte sie genauso gut irgendwo in der Walachei ablegen können!"
Piet musste zugeben, dass er noch keine befriedigende Antwort auf diese Frage gefunden hatte, tat das aber nicht laut.

„Entweder denkt man ganz einfach: Die Leichen sollten schnell entsorgt werden und dem Täter sind die Orte als erste Lösung erschienen, die er kennt. Vielleicht liegen sie in der Nähe seines Wohnortes. Tatsächlich werden die meisten Opfer nicht weiter als 30 km weit weg von der Haustür des Täters entsorgt. Oder: Es geht dem Täter um eine Mischung aus Vernichtung und Präsentation. Wie ein Spiel auf Zeit, bei dem beide Seiten für den Mörder einen Gewinn darstellen können."
Christian mampfte aufgeregt.
„Wenn keine Spuren an den Leichen vorhanden sind, kann man sie ja auch ablegen, wo man will!"
Herbert bremste den Eifer.
„Wir können nicht davon ausgehen, dass der Mörder das weiß. Er kann das durch seine Art der Tötung vielleicht versuchen, aber hundertprozentig wissen kann er nie, ob er DNA hinterlassen hat oder nicht."
Piet klickte zu den Bildern des Hünengrabs weiter.
„Die Mühe den Körper auf die Felsplatte einer Touristenattraktion zu hieven, spricht eher für das, was Christian sagt, und für meine zweite Spekulation – das Spiel auf Zeit."
Marquardt fasste sich genervt an den Kopf.
„Wer war alles am Tatort?"
„Gott sei Dank nur der Jäger."
Christian betrachtete das Bild des Hünengrabs eingehend.
„Die Frage ist auch, ob er das allein geschafft hat!"

„Richtig. Das ist eine weitere Frage. Auch der menschliche Heuballen dürfte nicht allzu leicht gewesen sein. Aber im Gegensatz zu gelben Säcken sind Gartenabfälle oft recht schwer. Es ist also nicht so auffällig, wenn man einen schweren Sack in den Container mit Gartenabfällen entleert."

Herbert wurde energisch.

„So oder so! Da es eklatante Unterschiede in der Spurenlage gibt, müssen wir die Fälle trotz allem auch unabhängig betrachten! Was ist mit der Identität der beiden Toten?"

„Nichts! Wir haben keinerlei Reaktion auf die Daten, die wir in unser Informationssystem gestellt haben. Bei der zweiten Leiche können wir sowieso nur noch vom Zahnstatus ausgehen."

Herbert atmete tief durch und schaute die Kollegen eindringlich an.

„Wir behalten die Ähnlichkeiten im Hinterkopf, aber behandeln die Fälle auch individuell. Wir müssen um jeden Preis zu einer Identifikation kommen, sonst stecken wir in einer Sackgasse. Ein bundesweiter Abgleich mit ähnlichen Fällen wäre gut."

Piet runzelte unzufrieden die Stirn.

„Und setzen wir die Phantombilder jetzt rein?"

Die Schwiers schaute zu Marquardt.

„Das wäre der früheste Zeitpunkt, zu dem wir das jemals gemacht hätten."

Christian griff seufzend nach dem letzten Keks.

„Wenn es an die Presse geht, glaubt Irene mir wenigstens, dass ich ab jetzt im Büro hocke."
Herbert schaute als habe er Zahnschmerzen.
„Ohne Phantombilder geht es nicht, mit Phantombildern haben wir die Öffentlichkeit auf dem Hals. Vor allem bei zwei Toten."
Piet knallte sein Laptop zu.
„Okay, ich würde folgendes vorschlagen."
„Und zwar?"
„Offiziell bleiben wir erst mal bei einer Toten. Das heißt, wir stellen das Phantombild von der gut erhaltenen Leiche rein. Das geht schneller. Zumal die jetzt schon seit Wochen ergebnislos im Informationssystem rumdümpelt."
Marquardt nickte.
„Gangbar! Und am besten erst mal nur auf unser Portal und in die Lokalmedien."
Herbert nickte.
„Okay, so machen wir es. Dann kommen wir weiter und die restliche Presse rastet nicht gleich vollkommen aus."
Die Schwiers erhob sich.
„Gut, dann beantrage ich den Beschluss zur Veröffentlichung des Bildes beim Amtsgericht."
Piet räumte seine Sachen zusammen. Die erste Sitzung des Tages war geschlossen.

Piet und Christian gingen zu ihren Plätzen. Piet bemerkte, dass sein sonst so gesprächiger Kollege außergewöhnlich ruhig war.
„Alles klar bei dir?"

„Alles klar. Aber, wenn man sich die jungen Mädels anschaut und an die eigene Tochter denken muss…"
„Wie alt ist Greta jetzt?"
„Vier!"
„Tolles Alter!"
Christian schaute Piet verwundert an.
„Ich dachte, du hast es nicht so mit Kindern?"
Piet grinste schief.
„Ich habe es nur nicht so damit Kinder zu haben! So oder so können wir nur hoffen, dass bald was zu den Opfern eintrudelt."
„Bei der zweiten Leiche kommt ja vielleicht noch etwas über den Zahnstatus."
„Ihre Zähne sahen eher so aus, als ob sie nie bei einem Zahnarzt gewesen wäre."
Christian stutzte.
„So kaputt?"
„Nein, eher so unversehrt."
„Die Glückliche."
Piet gab ein trockenes Lachen von sich.
„So gesehen!"
„Wie alt war die Tote noch?"
„Vielleicht ein, zwei Jahre älter als die erste Leiche, aber auch blutjung."
Christian nickte anerkennend.
„In dem Alter hatte ich schon vier Plomben!"

Piet sah sein verwackeltes Spiegelbild in der großen Glasfront seines Sportstudios. Das Studio lag direkt am Flussufer. Nur wenige Meter von der Uferpromenade entfernt hatte ein Binnenschiff festgemacht. Weiter flussabwärts lag die Marina, an der Herbert sein Segelboot liegen hatte. Piet konzentrierte sich wieder auf den kleinen Bildschirm, der ihm anzeigte, wie er die Gewichte pumpen musste. Er war beim dritten Umlauf im Kraft-Ausdauer-Zirkel und wunderte sich selbst über seine Leistung, die zu dieser späten Stunde nicht selbstverständlich war. Wahrscheinlich war es seine ratlose Wut, die ihn zu Höchstleistungen antrieb. Als er auf der Leiter am Dolmen stand, hatte er gespürt, dass der Mörder ihm genau den Gefallen getan hatte, um den er ihn gebeten hatte – er war in Serie gegangen. Natürlich war es nur das berühmte Bauchgefühl. Aber als Piet den Leichnam entdeckte, hatte er die starke Eingebung, dass auch der Täter gerade dabei war, etwas für sich zu entdecken. Etwas ganz Unerhörtes, das nun seinen Lauf nahm. In seiner ganzen Laufbahn hatte Piet erst einmal mit einem Serientäter zu tun gehabt. Die Bilder der verstümmelten Leichen wanderten heute noch durch seine Träume. Die beiden aktuellen Leichen wiesen keinerlei Spuren auf, die über die reine Tötung hinausgingen. Aber wenn er die Tötung gerade erst für sich entdeckt hatte, würde das vielleicht auch noch kommen…

Piet wischte sich den Schweiß von der Stirn, als ob er seine Gedanken damit wegwischen könnte, nahm einen Schluck von seinem isotonischen Getränk und wechselte das Gerät.

In der Rechtsmedizin hatten sie alle noch Hoffnung gehabt. Die eindeutige Tötung der zweiten Leiche schien der Sache einen ganz neuen Dreh zu geben.
Wenigstens konnten sie jetzt von Mord ausgehen. Aber genauso wie bei der ersten Leiche hatten sie keinerlei Ansatzpunkt, wo sie ihre Suche starten sollten.

Als Piet am nächsten Morgen ins Büro kam, war er fest entschlossen jedwedes Bauchgefühl hintenan zu stellen. Als er sich an seinen Schreibtisch setzte und die erste Akte vom „Piercing-Lottchen" aufschlug, wie er und Christian die beiden Fälle inoffiziell nannten, klingelte sein Telefon.
„K 33, Hauptkommissar Szukay?"
„Katharina Jakob. Ich melde mich wegen des Phantombildes. Die junge Frau, blond, gepierct…"
„Frau Jakob! Bitte!"
„Ich meine das Opfer zu kennen. Wobei, nicht dass Sie mich jetzt für unzuverlässig halten, das Bild kommt mir vor wie eine Mischung aus zwei Personen."
„Wie bitte?!"
Kaum war die Frage verklungen, kam Piet sich selten dumm vor. Das lag nicht allein an seiner ungeschickten Frage. Die Stimme am anderen Ende war äußerst bestimmt und gleichzeitig äußerst angenehm. Diese unerhörte Mischung verwirrte ihn. Dann erst dämmerte ihm die Bedeutung des Satzes in voller Tragweite.
„Entschuldigen Sie! Aber sie kennen das Opfer, und das ähnelt ihrer Meinung nach auch noch einer zweiten Frau?"

„Ich bin mir ziemlich sicher, dass das Mädchen meine Nichte ist. Aber ich kenne sie nicht mit Piercing. Die Zeichnung mit dem Piercing erinnert mich an eine Frau, die, sagen wir mal, einen ähnlichen Hintergrund hat wie ich.“
Piet räusperte sich, damit sich die Aufregung nicht auf seine Stimme übertrug.
„Wann hätten Sie Zeit für eine Aussage?“
„Wenn Sie jetzt kommen könnten, ginge es innerhalb der nächsten Stunde. Ansonsten müssten wir für Morgen einen Termin ausmachen.“
Piet sprang auf.
„Ich bin sofort bei Ihnen!“

4

Als Piet vor der weißen Villa hielt, hatte er seine eigene Bestzeit durch die Stadt um zwei Minuten unterboten. Der klassizistische Bau war ihm schon einige Male von der gegenüberliegenden Seite des Flusses aufgefallen. Mit seinem strahlenden Weiß, das hinter zwei hohen Zypressen hervorlugte, besaß er für diese Gegend ein ungewöhnlich mediterranes Flair. Auf dem Klingelschild standen ein paar Firmennamen und ganz oben nichts weiter als ‚Despina'. Aber es war definitiv die oberste Klingel, welche die Anruferin angegeben hatte. Trotz Gegensprechanlage antwortete auf sein Klingeln nur der Summer. Das schmiedeeiserne Tor öffnete sich und gab den Weg zum Portal frei.

Piet drückte die schwere, alte Holztür auf und betrat ein Foyer, das ihn trotz seiner Abneigung gegen alles Pompöse beeindruckte. Es gab keinen Portier und scheinbar keinen anderen Besucher als ihn. Piet umfing eine Ruhe, die ihn an seine spärlichen Museumsbesuche erinnerte. Ein roter Läufer führte an dunklen Holztüren vorbei zu einer Freitreppe aus Marmor, die sich in einer eleganten Linkskurve nach oben schwang. Auf jeder Etage warteten üppige Blumenbouquets in großen Vasen darauf von den wenigen, auserlesenen Besuchern bewundert zu werden, bevor sie verblühten. In der dritten und letzten Ebene empfingen Piet weiße Tigerlilien und schwarzrote Rosen, die der Vergänglichkeit ihrer Schwestern zu gedenken schienen. Sonst nichts. Verwirrt blieb er stehen. Er hatte die Namensschil-

der auf den unteren Etagen gecheckt. Weder der Name Despina, geschweige denn der Name Jakob waren irgendwo aufgetaucht. Er musste in der oberen Etage richtig sein. Piet tat das Naheliegende und benutzte den schweren goldenen Türklopfer an der einzigen Tür weit und breit.
Katharina hörte das Klopfen. Es war weder zaghaft, noch ungeduldig. Beim dritten und letzten Mal öffnete sie. Katharina war es gewohnt ihre Eindrücke hinter einer Fassade des ‚interesselosen Wohlgefallens' zu verbergen, wie sie es scherzhaft à la Immanuel Kant nannte. Nur ganz selten entglitten ihre Gesichtszüge, wenn sie der Anblick des Gegenübers auf unangenehme oder auf angenehme Weise überraschte. Auch jetzt hatte Katharina ihre Gesichtszüge sofort wieder unter Kontrolle, obwohl es ihr mehr Mühe bereitete als sonst.
Sie hatte einen durchschnittlich aussehenden Beamten erwartet. Vor ihr stand eine größere, etwas kantigere Variante von James Dean. Unter einer widerspenstigen Tolle aus dunkelblondem Haar saßen ein Paar blaugrauer Augen, welche die männlichen Gesichtszüge unterstrichen, und ihnen gleichzeitig etwas Jungenhaftes, Verletzliches gaben. Sein durchtrainierter Körper zeugte von einer Härte, die er sicherlich nicht nur gegen sich selbst richten konnte. Auf der Straße hätte sie trotzdem keinen Blick an ihn verschwendet. Nicht, dass er ungepflegt wirkte, er schien nur keinerlei Wert auf sein Äußeres zu legen. Der Haarschopf schien geduldig auf den nächsten Besuch beim Frisör zu warten und seine Bartstoppeln zählten mehr als drei Tage.

Seine breiten Schultern hielten eine dieser unsäglichen Softshell-Jacken in Form und seine Jeans endete auf Sportschuhen, die auch als Gesundheitsschuhe hätten durchgehen können. Katharina stellte sich kurz vor, wie er in einem maßgeschneiderten Anzug mit akkuratem Haarschnitt ausgesehen hätte und war froh, dass ihr Besuch so uneitel war. Sie hätte sonst arge Probleme mit ihrer Contenance bekommen.
„Herr Szukay?"
Piet straffte sich und versuchte mit irrwitzig jovialem Ton von einem Gefühl abzulenken, das ihn seit Jahrzenten nicht mehr beschlichen hatte – Schüchternheit.
„Frau Jakob? Ich grüße Sie!"
Katharina Jakob stand in einem schwarzen, fast durchsichtigen Kleid vor ihm. Es wurde von einer Lackkorsage tailliert und war nur an den gewissen Stellen etwas blickdichter gearbeitet, was den Reiz keineswegs minderte. Über dieser Sünde auf zwei Beinen schwebte das aparte Gesicht einer Frau, die sich scheinbar in Zeit und Ort geirrt hatte. Für Piet hätte diese elegante Versuchung besser an die Côte d'Azur der Fünfziger oder in das Hollywood der Vierziger gepasst, als hierher in die Provinz. Wild strampelte sein Inneres dagegen an, sich in ihrer Gegenwart hilflos und unterlegen zu fühlen.
Katharina winkte ihn hinein. Piet trat über die Türschwelle, die ihm vorkam wie eine magische Grenze. Kaum stand er in ihren Räumen, hatte er das Gefühl von jeglicher Realität abgeschnitten zu sein. Die teure, dunkelrote Bespannung

der hohen Wände, der dicke Teppich, in dem seine Füße versanken, das indirekte Licht und die leise Musik aus dem Nirgendwo erzeugten eine angenehm benebelnde und gleichzeitig aufregende Atmosphäre.
„Schön, dass Sie so schnell kommen konnten! Tut mir leid, dass ich Sie so stehenden Fußes hierher zitiert habe, aber in einer dreiviertel Stunde habe ich meinen nächsten Termin und der Gast kommt von weit außerhalb. Es war mir ein dringendes Bedürfnis…"
Piet hört seine Stimme in ihren Satz stürzen.
„Mir auch!"
Ein spitzbübisches Lächeln huschte über das aparte Gesicht. Piet folgte Katharina Jakob durch den langen Flur und wusste nicht, wo er hinsehen sollte. Auf ihre geschnürte Wespentaille, den Prachthintern, der umso kurviger darunter hervortrat, oder auf ihre muskulösen, aber schlanken Beine, die nahtlos an ebenso schlanken Fesseln in ein Paar absolut tödlicher High Heels flossen. Er versuchte sich auf ihren Hinterkopf zu konzentrieren, um irgendwie sachlich zu bleiben. Ihm war sofort aufgefallen, dass sie eine Perücke trug. Der schwarze Pagenkopf saß gut und passte genau zu ihrer Kopfform. Obwohl die Haarlinie über dem natürlichen Haaransatz lag, lugte kein einziges, verräterisches Härchen darunter hervor.
Der Flur war geschmackvoll, aber recht eindeutig dekoriert. Links hing ein mittelalterliches Pranger-Brett aus schwerem Holz mit zwei Handfesseln. Es folgte die Zeichnung einer nackten Frau, die ihren Blick verschämt

vom Betrachter abwendete, der trotzdem eine schwarze Augenbinde in ihrem Gesicht erkennen konnte.
Katharina blieb stehen und folgte Piets Blick.
„Egon Schiele!“
Piet nickte selbstverständlich und versuchte sich den Namen zu merken. Sie öffnete eine Tür nach rechts.
„Darf ich Sie hier hereinbitten?“
Piet schaute sich in dem kleinen Raum um. Er enthielt nichts weiter als zwei große Ledersessel, ein Tischchen, eine kleine, aber augenscheinlich gut sortierte Bar und eine Palme, die sich halb über die beiden Sessel neigte.
„Mein Empfangsraum“, erläuterte Katharina. „Bitte, nehmen Sie Platz!“
Piet räusperte sich. Er hatte in der Hektik das Aufnahmegerät vergessen. Er zückte sein Smartphone als Ersatz.
„Wenn Sie gestatten?“
Piet legte das Gerät auf den Tisch.
„Gern! Darf ich Ihnen etwas anbieten?“
Piet fühlte sich wieder etwas sicherer.
„Nein, danke. Ich kann Sie ja leider nicht so lange aufhalten.“
Katharina lächelte wohlwollend.
„Lassen Sie uns gleich zu Ihrer Aussage kommen. Sie haben in unserer Phantomzeichnung Ihre Nichte und eine weitere Frau erkannt?“
Aus Katharinas Haltung verschwand jegliche Überlegenheit. Sie ließ sich auf den freien Sessel sinken und lehnte sich mit sorgenvoll gefalteten Händen nach vorn.

Piet widerstand dem Impuls ihre Hände zu ergreifen, so verloren wirkte sie für einen Moment. Aber sie fasste sich sofort wieder und er auch.
„Richtig! Meine Nichte ist seit fast zwei Monaten verschwunden."
„Haben Sie eine Vermisstenanzeige aufgegeben?"
„Natürlich! Meine Schwägerin hat gleich am nächsten Tag bei den Beamten vor Ort angerufen, aber die haben sich nicht gerührt. Céline ist 17 und schon ein paar Mal ausgebüxt. Erst nach vier Tagen wurde die Anzeige aufgenommen."
„Tja, das ist oft Ermessenssache. Junge Frauen zwischen 16 und 20 werden mit Abstand am häufigsten vermisst und finden sich auch zum größten Teil nach ein bis drei Wochen wieder an. Und wenn keine akute Gefahr besteht…"
‚Für Leib und Leben' ließ Piet geflissentlich aus. Er wollte mit seiner entschuldigenden Erklärung fortfahren, doch Katharina unterbrach ihn.
„Verzeihung! Ich wollte nicht, dass es wie ein Vorwurf klingt."
„So habe ich das auch nicht verstanden! Es tut mir leid, dass Sie jetzt bangen müssen. Vielleicht könnten Sie mir die Personalien geben?"
„Céline Jakob, wie gesagt 17 Jahre alt. Die Tochter von Gernot Jakob, meinem Bruder, und Sabine Jakob, gebürtige Henssler. Sie wohnen in Kirchweyhe, einem kleinen Dorf, etwa eine Autostunde weit weg von hier."
„Hätten Sie vielleicht ein Foto von Ihrer Nichte?"

„Ja. Allerdings eines, das drei Jahre alt ist. Von ihrer Konfirmation. Und Sie wissen, wie das in dem Alter ist! Die Kinder ändern jede Woche ihren Look. Warten Sie."

Katharina verschwand und Piet nahm den kleinen Raum durch das persönliche Gespräch ganz neu wahr. Seine Einrichtung war genauso gemütlich wie geschmackvoll. Er musste zugeben, dass ihn die Umgebung etwas einschüchterte. Das hatte weniger mit der Funktion der Räume zu tun. SM und alle anderen Spielarten, bei denen sich ein Partner vor dem anderen zum Kasper machte, fand Piet eher lächerlich. Vielmehr war es die Klasse, mit der die Herrin des Hauses diese erotische Variante präsentierte.

Katharina kam zurück und übergab ihm ein typisches Konfirmationsfoto. Junge Menschen, die gerade angefangen hatten das echte Leben und die Liebe zu entdecken, standen in ihrem ersten Anzug, ihrem ersten Chiffonkleid, verlegen vor einem nichtssagenden Hintergrund.

Das Mädchen, das ihm entgegen lächelte, hatte einen dunkelblonden Bubikopf und keinerlei Piercing. Noch nicht einmal Ohrringe. ‚Die Kinder ändern jede Woche ihren Look…' Piet überlegte. Es war zwar unwahrscheinlich, dass die Mutter weder von den hellblond gefärbten Haaren noch von dem Piercing gewusst hatte, aber dennoch möglich.

„Ich habe noch das hier gefunden."

Katharina hielt ihm eine Kindermütze hin. Piet fasste sie vorsichtig am Rand an und schaute hinein. Auf Anhieb konnte er keine Haare entdecken, aber das Mikroskop sicherlich.

„Sehr gut! Dann können wir vielleicht einen DNA-Abgleich vornehmen."
Katharina sah ihn fragend an. Die Augen einer klugen Katze, grün mit einem dunklen Rand um die Iris.
„Es gibt eine bundesweite Vermissten-Datei der Polizei. Dort werden zuerst Personenbeschreibungen und falls möglich auch die DNA eingestellt. Eigentlich müssten die Daten der Vermisstenanzeige für Céline mit der Beschreibung der Toten, über die wir anhand des Phantombildes sprechen, deckungsgleich sein. Sind sie aber nicht. Es könnte sein, dass Céline sich die Haare und das Piercing erst nach ihrem Verschwinden neu gemacht hat. Dann wusste ihre Schwägerin nichts davon, und die Daten können in unserem Inforationssystem nicht zur Deckung kommen. Aber mit der DNA können wir uns nicht mehr irren."
„Ich verstehe."
Piet packte die Mütze vorsichtig ein.
„Sie meinten, die andere Frau kennen Sie auch?"
Katharina horchte auf.
„Es gibt also eine Zweite?"
Piet biss sich auf die Lippe und merkte, wie er rot wurde.
„Ja, wir haben eine zweite Tote, die Ihrer Nichte wahrscheinlich nicht nur in Statur und Alter ähnelt."
„Aber in der Zeitung war nur das eine Phantombild?"
„Ermittlungspolitik. Wen haben Sie denn noch in der Zeichnung erkannt?"

„Sie erinnert mich an eine Frau, mit der ich mal gespielt habe, und die in der Szene sehr aktiv ist."
„Wir sprechen hier von SM?"
Katharina fand es einfach süß, dass dieser hübsche und sicherlich nicht unerfahrene Kerl so vorsichtig nach dem Offenkundigen fragte.
„BDSM, richtig. Zu meinen Personalien: Die meisten meiner Besucher, eigentlich alle, kennen mich als Lady Despina. Katharina Maria Jakob bin ich entweder nur ganz privat oder eben nur ganz offiziell."
Bei ‚offiziell' machte sie eine dezente Handbewegung in Piets Richtung, die er, wie er an einem winzigen Stich in seiner Brust merkte, insgeheim bedauerte. Gleichzeitig schwirrten ihm unzählige Fragen durch den Kopf, die er nicht stellen konnte, ohne unbedarft oder unverschämt zu wirken. Eine davon konnte er allerdings nicht lassen.
„Darf ich fragen, was Ihr Name bedeutet?"
„Despina?"
„Ja."
„Gebieterin! Darf ich fragen, was Ihr Name bedeutet?"
Piet stutzte. Noch nie hatte ihn jemand nach seinem Namen gefragt.
„Szukay?"
Katharina Jakob nickte interessiert.
„Es kommt aus dem Polnischen und heißt so etwas wie ‚der Suchende'."
Katharina schaute ihm tief in die Augen.
„Wie passend!"

Piet merkte, dass er innerlich auf Abwegen war. Er hätte sich zu gern mit dieser schönen Frau weiter über die Bedeutung ihrer Namen unterhalten. Er versuchte schnellstmöglich zur Befragung zurückzukehren.

„Und was können Sie mir zu dieser ‚sehr aktiven Gespielin' sagen?"

„Nicht viel. Sie taucht immer wieder auf Partys auf und hatte schon verschiedene Beziehungen in der Szene. Sie ist Switch, also mal dominant, mal devot oder submissiv, aber im Geiste eine Sklavin. Sie tut alles, was man von ihr verlangt, weil sie die Bestätigung braucht. Ein braves Mädchen! Sie versucht auch immer alles so gut wie möglich zu machen. Das heißt, im Zweifelsfalle möglichst hart gegen andere oder möglichst schmerzhaft für sie selbst. Ich kenne nur ihren Vornamen: Natascha. Sie war, Entschuldigung, sie ist um die zwanzig, glaube ich. Ich weiß, dass sie eine Zeit lang in der SM-Arena gearbeitet hat. Vielleicht bekommen sie da mehr Informationen. Das Studio liegt am Industriehafen."

„Haben Sie sich mal persönlicher mit ihr unterhalten?"

Katharina schüttelte bedauernd den Kopf.

„Wir sind keine Kolleginnen und ich habe sie mir nie zum Spielen ausgesucht. Sie war Teil einer Szenerie, die sich auf Partys so ergab. Und da hat man im Vorfeld schon genug zu besprechen, wenn Sie verstehen, was ich meine. Es gab das Spiel, sie war ein Teil davon. Das ist alles, tut mir leid."

„Nicht doch! Sie haben mir sehr weitergeholfen."

Katharina sah auf ihre Uhr.

„Mein Gast sollte in wenigen Minuten da sein. Ich stehe Ihnen gern weiter zur Verfügung, aber jetzt muss ich Sie bitten zu gehen!"

„Selbstverständlich. Und ich muss Sie bitten, das abgetippte Protokoll noch mal bei uns auf der Dienststelle zu bestätigen und zu unterschreiben. Ich lasse Ihnen meine Karte da!"

Mit einem wohlwollenden Lächeln nahm Katharina die Visitenkarte entgegen und führte ihn wieder zur Tür.

Als Piet das Haus verließ, kam ihm ein kleiner Asiate in einem Maßanzug aus glänzender Seide entgegen, aber Piet nahm ihn nur aus den Augenwinkeln wahr. Er rief Christian an und schickte ihn zu Sabine Jakob, um Genaueres über ihre Tochter und die Vermisstenanzeige herauszufinden. Dann machte er sich auf den Weg zum Industriehafen.

Das Gebäude unterschied sich wenig von den anderen architektonischen Überbleibseln aus einer Zeit, als die Häfen noch florierten. Von außen sah der Betonklotz aus, als wäre er verlassen und stünde kurz vor dem Abriss. Aber wenn man wusste, was sich hinter den heruntergelassenen Jalousien versteckte, bekam er plötzlich etwas Verführerisches, Geheimnisvolles. So wie früher alles Unsichtbare und Verborgene Raum für spannende Geschichten und unendliche Möglichkeiten gelassen hatte, so machte dieses Gebäude seinen wissenden Betrachter wieder zu einem neugierigen Kind.

Piet fragte sich allerdings, wie die Frauen es schafften den Gutteil ihres Lebens hinter geschlossenen Jalousien zu verbringen, bei künstlichem Licht und minimaler Zufuhr von Frischluft. Ihm grauste bei dem Gedanken. Aber irgendeinen Nachteil hatte schließlich jeder Job, und in einem Bordell war das fehlende Tageslicht bestimmt nicht das Unangenehmste.
Er stellte sein Rennrad ab und nahm noch mal einen tiefen Zug von der frischen Luft, bevor er klingelte.
Hinter der Milchglasscheibe erschien eine dunkle Silhouette. Die Tür wurde von einem jungen Mädchen geöffnet, das kaum älter wirkte als die Opfer, die Piet hergeführt hatten. An den Armen und im Gesicht hatte sie noch Babyspeck, die junge Haut war makellos, aber ihre Haltung und ihr Gesichtsausdruck verrieten schon etwas von der Frau, die sie in ein paar Jahren sein würde. Passender Weise konnte man diese physische Vorausschau nur bei Menschen betreiben, die ihr Leben aufgrund einer gewissen Einfachheit des Gemüts niemals, zumindest nicht aus eigener Kraft, änderten. Piet bedauerte das Mädchen. Mit antrainiert herablassendem Blick, der eher abfällig wirkte, wollte sie ihn hinein winken. Schmunzelnd zückte Piet seinen Dienstausweis. Als hätte er sich damit in ihr Betriebssystem gescannt, öffneten sich ihre verschlafen dreinblickenden Augen.
„Was wollen Sie denn hier?"
„Ich habe ein paar Fragen zu einer Kollegin, mit der Sie wahrscheinlich nicht mehr arbeiten werden."

Piet schob sich an dem verwirrten Mädchen vorbei und betrat den zweiten schmalen Flur des Tages. Er fragte sich, ob schmale Flure zum allgemeinen Konzept der SM-Architektur gehörten, wobei er sie keineswegs unpassend fand. Auch sonst ähnelte die Einrichtung der, die er bei Frau Jakob vorgefunden hatte, mit einem großen Unterschied. Während ihre Räume Eleganz und Exklusivität verströmten, wehte ihm hier der Mief eines Sonderposten-Markts entgegen. Die billige rote Tapete begann sich bereits an einigen Stellen zu lösen. Der Teppich hatte viele, bessere Tage gesehen und die schwarzen Teelichthalter, welche die rechte Gangseite flankierten, hätten auch im Jugendzimmer eines weltverneinenden Teenagers stehen können. Das Andreaskreuz mit Handschellen, das zwischen den Kerzenständern in einer Nische auf den nächsten „Gast“ wartete, machte den billigen Charme wieder ein wenig wett.
Das Mädchen öffnete die allerletzte Tür im Gang. Piet kniff die Augen zu. Die kleine Küche, die sich in L-Form um eine schäbige Küchentheke schmiegte, erstrahlte in erbarmungslos kaltem Licht. An einem Resopal-Tisch hockten drei Frauen, wie sie unterschiedlicher nicht sein konnten. Sie sahen ihn gestört und überrascht an. An der Kopfseite des Tisches saß eine sportliche Brünette, um die vierzig und mit gemachten Brüsten. Alles an ihr wirkte stramm. Nur ihre Augen hatten etwas Weiches. Ihr gegenüber saß eine Wasserstoffblondine, die schlank und langgliedrig an eine lauernde Gottesanbeterin erinnerte.

Ihre hellen Augen stachen kalt aus der Solarium-gebräunten und leicht erschlafften Haut hervor. Auf einem Hocker dazwischen kauerte ein kleines, pummeliges Mädchen mit schwarzem Pilzkopf und lackierte sich ihre Zehennägel knallrot. Piets Begleitung drückte sich an die Fensterbank und zündete sich eine Zigarette an.
„Der ist von der Polizei!"
Die Blicke verdüsterten sich.
Piet zeigte seinen Ausweis. „Szukay, Mordkommission."
Die Gottesanbeterin reagierte als Erste. Sie richtete sich auf und streckte ihm ihre ebenfalls imposant vergrößerte Oberweite entgegen. Einschmeichelnd, aber mit drohendem Unterton, machte sie unmissverständlich klar, wer die Chefin des Hauses war.
„Da haben die uns aber ein schönes Exemplar geschickt! Was können wir für Sie tun? Wir haben nichts Schlimmes angestellt, Herr Kommissar! Oder möchten Sie selbst mal ein bisschen was anstellen?"
„So leid es mir tut, ich bin nicht wegen Ihnen oder Ihrer Mädchen hier. Sondern wegen einer jungen Frau, die hier gearbeitet haben soll."
Die Chefin reagierte unmittelbar genervt.
„Und? Was haben wir damit zu tun?"
Piet suchte nach einem Türöffner und klopfte mit einer Vorwegnahme an, die unter den Frauen sicherlich Mitgefühl erregte.
„Nun… Wir gehen davon aus, dass die junge Frau tot ist."
Kaum hatte er den Satz zu Ende geführt, saß er ebenfalls

am Tisch, hatte einen Kaffee vor sich stehen und schaute in aufgerissene Augen, die voller Mitgefühl, Betroffenheit und Gier nach Tratsch waren. Ein ganz normaler Kaffeeklatsch, nur dass die meisten Beteiligten etwas spärlicher bekleidet waren. Piet berichtete von dem, was er über den Fall wusste und die Damen ebenfalls wissen durften, und amüsierte sich über ihre atemlose Aufmerksamkeit. Als er geendet hatte, brach entrüstetes Gezeter los.
„Diese perversen Arschlöcher!“, ereiferte sich die Stramme. „Es gibt Grenzen!“
„Ja, aber die hat Natascha auch voll ausgetestet! Ich wusste schon immer, dass da mal was passiert.“
Das Pilzköpfchen guckte die Gottesanbeterin erschrocken an. In ihren Augen glänzten ein paar Tränen.
„Wie kannst du so etwas sagen!“
„Schätzchen, man muss auch immer mit dem Kopf bei der Sache sein! Allein die Typen, die sie privat hatte… Ich bitte dich!“
Piet hakte nach.
„Und wen hatte sie so ‚privat‘?“
Plötzlich herrschte wieder Schweigen im Walde. Die Jalousie, die selbst in der Küche halb zugezogen war, klapperte leise. Die Blonde musterte Piet. Piet lächelte sie mit seinem charmantestes ‚Komm schon, bei mir bist du in den besten Händen‘-Lächeln an.
„Na ja, es gab da so einige! Aber viel erzählt hat sie nicht. Also, gekannt habe ich nur den Jürgen.“

„Gummi-Jürgen! Lieber Kerl. Das ist doch schon Jahre her. Der würde so etwas nie machen! Außerdem kommt der immer noch regelmäßig."
Piet versuchte aus dem entschlossenen Gesicht der Strammen abzulesen, wo der Zusammenhang zwischen regelmäßigem SM-Studio-Besuch und selbstverständlicher Unbescholtenheit war, kam aber zu keinem schnellen Ergebnis.
„Zuletzt wohnte sie bei einem Paar, mit dem sie auch spielte."
Alle drehten sich zu dem Mädchen an der Fensterbank um.
„Kennen Sie den Namen?"
„Haußmann. Mit Eszett! Da haben wir uns mal drüber unterhalten. Weiß gar nicht mehr wieso. Ich glaube, die haben Geld. Sie hatte da eine eigene Wohnung. Richtig mit Whirlpool und so! Die sind auch schon älter und haben keine Kinder. Mehr weiß ich nicht."
„Das ist doch schon was!"
Das Mädchen wurde rot und Piet kapierte, dass sein kleines, begeistertes Lächeln ein wichtiges Lob war, weil sie in ihrem Leben kaum welches bekommen hatte. Er stand auf und nickte ihr noch einmal zu.
„Danke! Das hat mir sehr geholfen!"
Verlegen drückte das Mädchen ihre Zigarette aus. Die blonde Gottesanbeterin lächelte spöttisch und stutzte ihre Angestellte eifersüchtig wieder zurecht.
„Auch ein blindes Huhn findet mal ein Korn. Nicht wahr, Mandy?"

Piet legte seine Visitenkarte auf den Tisch.
„Falls irgendjemand so hilfreich sein möchte wie Mandy, kann er mich jederzeit anrufen!“
Mandy löste sich von der Fensterbank.
„Soll ich Sie rausbringen?“
In der Frage lag so viel Hoffnung, dass Piet sein leicht übertriebenes Lob schon wieder leidtat.
„Ich finde allein heraus, danke.“
Als er wieder vor dem Haus stand, spürte er schmerzlich den Unterschied zu allem Verborgenen aus der Kindheit. Damals war das Unsichtbare immer schön oder zumindest spannend gewesen. Als Erwachsener wusste man, dass fast alles Verborgene unschön und selten so spannend war, wie man es sich vorstellte. Mit einer Ausnahme… Piet musste an die weiße Villa denken.

5

„Haußmann mit Eszett."
„Da gibt es nur drei!"
„Sehr gut!"
Piet beugte sich über Christians Schulter, um die Adressen zu checken.
„Die kann ich allein abklappern."
„Wollten die uns nicht demnächst mal Verstärkung schicken?"
„Mir graut jetzt schon davor!"
Christian warf ihm einen liebevoll tadelnden Blick zu.
„Sei doch nicht immer so negativ!"
„Ich bin nicht negativ, ich bin nur misanthropisch!"
Piet war es tatsächlich nicht unrecht, dass er mit Christian allein im Büro saß. Mit ihm zu arbeiten war äußerst angenehm, weil er ein untypischer Bulle war. Christian war einfach durch und durch lieb und ein geradezu kindlicher Genießer. Sozial, leicht gemütlich und immer aufgeschlossen war er das Gegenteil dessen, was man bei der Kripo erwartete. Menschenliebe trieb die wenigsten zu diesem Beruf. Eher eine Mischung aus Verantwortungsgefühl, Akribie und Aktionismus sowie eine Prise Hochmut, die man brauchte, um sich auf der Seite der ‚Gerechten' zu fühlen. Piet nahm sich selbst davon keineswegs aus.
„Übrigens! Betty hat schon dreimal angerufen. Ich bin es leid, sie dir vom Hals zu halten."
„Betty?"

„Na, die Hübsche von der Streife!"
Piet schaute betreten drein.
„Okay, ich melde mich bei ihr. Was war denn jetzt mit der Vermisstenanzeige?"
„Sabine Jakob wusste tatsächlich nichts von den blondierten Haaren und dem Piercing. Also kein Wunder, dass es keinen Abgleich mit unserer Beschreibung geben konnte!"
„Und? DNA an der Mütze?"
„Jepp! Ergebnisse sollten morgen auf dem Tisch liegen. Dauert ja immer ein bisschen"
„Klasse!"
Piet tippte auf die mittlere Adresse auf dem Bildschirm.
„Mit denen fange ich an. Das ist die beste Gegend. Eine Einliegerwohnung mit Whirlpool ist bei den anderen Adressen kaum zu erwarten."
„Wer weiß? Wenn man als Klempner ordentlich Schwarzgeld macht?"
Piet schnüffelte scherzhaft an seinem Kollegen und grinste ihn an.
„Wenn ich so einen Klempner finde, engagiere ich den. Einen Whirlpool im Büro könnten wir gut gebrauchen!"
Christian grimassierte zurück.
„Freu mich schon, Schatzi!"

Als Piet am Abend endlich selbst unter der Dusche stand und das heiße Wasser auf seine Schultern rieselte, ließ er seinen letzten Besuch noch mal Revue passieren.
„Sie wünschen?"

Der Mann, der ihm öffnete, hatte wie ein Hochschulprofessor gewirkt. Ende 60, von gesunder Hagerkeit, mit schlohweißem Haarkranz und einem Gesicht, das schon viel gesehen, aber sicherlich noch mehr darüber nachgedacht hatte.

Als er Piets Grund für den Besuch erfuhr, war die Bestürzung des Mannes so groß, dass ihn nur seine gute Erziehung aufrecht zu halten schien. Er begleitete ihn ins Wohnzimmer, bot ihm etwas zu trinken an und bat darum, seiner Frau die Nachricht selbst mitteilen zu dürfen. Als der Hausherr nach fünf Minuten noch nicht zurück war, schwante Piet Übles. Hatte er sich von seiner Erscheinung blenden lassen? Waren die Herrschaften getürmt? Doch gerade als er aufstand, um nach dem Ehepaar zu sehen, traten sie ein. Die Frau hatte geweint und stützte sich auf den Arm ihres Mannes, der sie Gram gebeugt zum nächsten Sessel führte. Piet versuchte die Herrschaften zu beruhigen. Die Tote sei ja noch gar nicht als Natascha identifiziert. Aber die Angst vor dem Verlust war ihnen nicht zu nehmen. Piet konnte kaum glauben, was ihm hier an Trauer begegnete. Vielleicht hatten die Frauen aus der SM-Arena etwas missverstanden und Natascha war mit dem Ehepaar verwandt gewesen? Doch es stellte sich heraus, dass die Herrschaften genau die Beziehung zu der jungen Frau gepflegt hatten, wie vermutet. Natascha hatte in einer kleinen, aber luxuriös eingerichteten Einliegerwohnung des repräsentativen Stadthauses gewohnt und alles war vertraglich abgesichert gewesen. Womit kein Mietvertrag gemeint

war, sondern ein Sklavenvertrag, in dem das Wohnen sowie das Leben und Arbeiten im Sinne der Herrschaften geregelt war. Der Professor überreichte Piet Nataschas Ausweis, den er als ihr ‚Herr' in Verwahrung gehabt hatte. Natascha Krause, geboren am 12.3.1996, 1,66 m. Piet hatte den Vornamen für ein professionelles Pseudonym gehalten. Nun wies er eher auf ihren sozialen Hintergrund hin. Je exotischer der Vorname, desto einfacher die Herkunft war mittlerweile eine schlüssige Formel. Das Foto sah so verunglückt aus wie alle biometrischen Aufnahmen.
Hätten ihm nicht zwei absolut distinguierte, rechtschaffen wirkende Eheleute in den besten Jahren gegenüber gesessen, hätte er gedacht, er säße in einer neuen Daily Soap. Doch so bekam das, was die beiden Eheleute erzählten, eine ganz neue Dimension. Sie hatten ihre Haussklavin geliebt. Die verweinte Gattin, eine zierliche, ungemein liebreizende Frau mit weißen Löckchen, hatte ihn mit strahlenden Augen aufgeklärt.
„Wissen Sie, in einem gewissen Alter ist es auch ungemein praktisch, das Schöne mit dem Nützlichen zu verbinden. Fremdes Personal im Haus war mir immer unangenehm. Wir hatten schon einige Haussklavinnen, aber Natascha war wirklich ein Teil von uns!"
Als Piet sich nach der SM-Arena erkundigte, verzogen beide die Münder, als hätte man ihnen Dosen-Prosecco statt Champagner angeboten. Auf die Frage, ob sie auch auf Partys in der Szene unterwegs seien, erntete er nur ein spöttisches Hüsteln. Der Professor, der tatsächlich einer

war, klärte ihn auf, dass sie die gute, alte ‚Englische Schule' bevorzugten. Piet erinnerte nebulös, dass diese Spielart etwas mit Schuluniformen und Prügelstrafe zu tun hatte und fand sie für einen Mann, der auch im Alltag einen Schlips unter seinem Cardigan trug, absolut passend. Ob der Herr sich als Bengel den Hintern strammziehen ließ oder selbst als Schulmeister auf zarte Pobacken einhieb, wollte er sich hingegen nicht vorstellen. Besonders traf es das Paar, dass ihre Natascha einen Vertragsbruch begangen hatte. Schließlich hatte sie sich mit jemand anderem zum Spielen getroffen, was ihr selbstverständlich streng verboten gewesen war.

Bezogen auf den Fall war das Gespräch mit den Eheleuten weniger aufschlussreich. Dafür wurde Piet in der Wohnung des Opfers fündig.

Die geschmackvolle Ausstattung des Apartments hätte sich Piet auch gefallen lassen. Im Zusammenspiel mit den Spuren der ehemaligen Bewohnerin wirkte die Umgebung jedoch wie eine überteuerte Studentenbude. Auf dem schweren Parkettfußboden waren Klamotten aus den üblichen Kettenläden verstreut, das marmorgeflieste Bad, das tatsächlich einen Whirlpool besaß, war mit billigen Schmuckstücken und Schminkutensilien übersät.

In der modernen Küche stapelten sich Frauenzeitschriften, halb geleerte Smoothie-Becher, Verpackungen von Süßigkeiten und Fast Food. Alter und Geschlecht der Bewohnerin sowie die Tatsache, dass ihr das Putzen im Haus der Herrschaften gereicht hatte, waren offensichtlich.

Auf jeden Fall gab es so massenweise DNA für die SpuSi. Vor allem Haare, die auch hier für den Abgleich benötigt wurden.
Allein der Inhalt einer alten, eisenbeschlagenen Kiste im Schlafzimmer zeigte die andere Seite des braven Mädchens, wie Katharina sie genannt hatte. Piet rief die KTU und ließ die Gegenstände sichern. Verwundert hielten die Männer in den weißen Anzügen die schwarzen Spielzeuge hoch. Es wurde gewitzelt und gelacht. Vor allem, weil nicht bei allem klar war, was es darstellen sollte. Ein Beweisstück stellte allerdings ziemlich eindeutig etwas dar, es war ein Foto des Opfers. Nackt, bis auf ein Hundehalsband, kniete sie angeleint vor einem Mann in Latexanzug mit Gasmaske.

Am nächsten Morgen stand Piet in der abgenagten Grünanlage einer stadtbekannten Sozialbausiedlung. Christian hatte die Mutter von Natascha Krause ermittelt. Piet wünschte sich, dass Vorurteile nicht so oft bestätigt würden, als ihn aus den grauen Betonecken der süßliche Geruch von Haschisch und Urin anwehte. Nataschas Start war kein glücklicher gewesen. Piet dachte an Marx. Es brauchte noch nicht mal mehr die Religion als Opium des Volkes. Hartz IV, ein Fernseher und ein paar billige Drogen reichten vollkommen aus. Piet betrachtete angewidert die Hundehaufen im Sandkasten und die Zigarettenkippen auf dem Holzbrett, auf dem eigentlich Kinder sitzen sollten.

Wenn man in dieser Tristesse lebte, war jede Wut leicht zu verstehen. Piet wusste, wie sehr Wut ein Motor sein konnte. Wut war der letzte Funken Hoffnung, der verglühte bevor man endgültig aufgab. Es dauerte ein wenig bis er die gefühlten hundert Klingelschilder gescannt und Karin Krause, Nataschas Mutter, gefunden hatte.
Als Karin Krause ihre Tür öffnete, freute Piet sich darauf aus dem unwirtlichen Hausflur herauszukommen. Jeden Tag durch Korridore zu laufen, die einen selbst im zwanzigsten Stock das Gefühl gaben, man sei in einem Bombenschutzbunker, stellte Piet sich als sehr belastend vor. Frau Krause öffnete die Tür nur einen kleinen Spalt und stierte ihn schweigend an. Keine Begrüßung, keine Frage, nur ein vorwurfsvoller Blick. Schwarz geschminkte Augen verschwammen in einem leicht aufgedunsenen Gesicht unter strähnigen, gelbblonden Haaren.
„Frau Krause? Szukay, Mordkommission!"
Piet schob seinen Ausweis in ihr Gesichtsfeld und Frau Krause fühlte sich in ihrer Ablehnung bestätigt. Von draußen konnte nur Schlechtes kommen.
„Was wollen Sie?"
„Es geht um Ihre Tochter Natascha."
„Die lebt noch?"
Der abfällige Ton erleichterte Piet die Antwort.
„Das wissen wir nicht. Wir haben einen Leichenfund, der noch nicht hundertprozentig identifiziert ist. Hinweise haben ergeben, dass es sich um Ihre Tochter handeln könnte. Darf ich reinkommen?"

Frau Krause öffnete, drehte sich um und ging vor. Piet schob sich in den winzigen Flur, der nach Zigarettenrauch und abgestandenem Kaffee roch. Karin Krause wartete in der Küche auf ihn. Sie hatte sich an den winzigen Tisch am Fenster gesetzt, um sich die nächste Zigarette anzuzünden. Dann kippte sie sich irgendeinen braunen Fusel in einen bunten Becher und goss etwas Kaffee dazu. Jetzt erst fiel Piet auf, dass sie recht schlank und groß war. Ihr Körper stand in seltsamem Kontrast zu ihrem Gesicht. Während das zu einer verlebten Frau gehörte, deren schlechte Erfahrungen sich tief in ihre Mimik eingeschrieben hatten, schien der Körper einer viel jüngeren Frau zu gehören. Zumindest nach dem, was Piet aus den Konturen unter dem Morgenmantel schließen konnte.

Piet hielt Karin Krause das Phantombild und das Foto aus Nataschas Wohnung hin.

„Erkennen Sie Ihre Tochter wieder?"

Ein kurzer Blick, ein Nicken.

„Ja, die kleine Hure vor dem Maskenmann ist sie auf jeden Fall. Aber die Zeichnung ist auch gut."

„Kennen Sie den Mann?"

„Nie gesehen."

Piet holte sein Aufnahmegerät hervor.

„Würden Sie mir diese und weitere Fragen auch auf Band beantworten?"

Karin Krause musterte ihn skeptisch.

„Sonst waren immer Zwei von euch hier."

„Wegen Natascha?"

„Auch."

„Wir sind momentan komplett unterbesetzt und eine Befragung kann auch so durchgeführt werden. Ich vernehme Sie ja nicht als Verdächtige."
Sie zuckte mit den Schultern und nahm einen Schluck aus ihrem Becher. Piet setzte sich zu ihr, schaltete das Aufnahmegerät ein und titulierte die Befragung.
„Ihre Personalien, Frau Krause?"
Bevor Piet nachfragen konnte, ratterte Frau Krause ihre Daten routiniert herunter. Piet fragte noch einmal nach dem Foto, Frau Krause antwortete knapp. Piet war klar, dass die nächste Frage nicht viel Sinn ergeben würde, aber er musste sie stellen.
„Wann haben Sie ihre Tochter das letzte Mal gesehen?"
„Keine Ahnung. Vor ein, zwei Jahren. Seitdem sie ihr eigenes Geld verdient, ist sie weg."
„Wie verdiente sie ihr Geld?"
Karin Krause schaute drein, als ob Piet komplett begriffsstutzig wäre und wies auf das SM-Foto.
„Und vorher? Eine Ausbildung, eine Lehre?"
„Kann man so sagen!"
„Wie meinen Sie das?"
Trotziger Stolz schwang in ihrer Stimme.
„Von mir hat sie alles, was sie weiß!"
„Würden Sie mir das bitte näher erläutern? Was genau hat sie von Ihnen gelernt?"
Karin Krause zog ihren Morgenmantel enger um sich und richtete sich auf.
„Ich bin im Internet-Business."

„Sie bieten Ihren Körper im Internet an."
„Richtig."
„Und das haben Sie Natascha beigebracht?"
„Nicht nur beigebracht! Wir waren als Duo ziemlich erfolgreich. Aber dann musste die kleine Schlampe ja unbedingt ihr eigenes Ding machen."
„Sie hatten mit Ihrer Tochter Sex vor der Kamera?"
Karin Krause schaute kurz zu dem Aufnahmegerät.
„Das ist der Job!"
„Haben Sie nach Ihrer Trennung noch von Ihrer Tochter gehört?"
„Ab und an."
„Wann war das letzte Mal?"
„Vielleicht vor einem halben Jahr."
„Auf welchem Weg hat Natascha Sie kontaktiert und worum ging es?"
„Per Handy. Sie hat Bilder von ihrer neuen Wohnung geappt und mir einen reingewürgt, wie schnieke sie jetzt wohnt. Das war alles."
„Gab es andere Bezugspersonen für Ihre Tochter, mit denen Sie auch in Verbindung standen?"
„Mein Ex. Aber nachdem ich nichts mehr mit ihm hatte, hatte sie auch nichts mehr mit ihm."
Als Piet die Wohnung verließ und durch die endlosen Korridore mit den niedrigen Decken zum Ausgang strebte, wusste er nur eines mit Sicherheit. Niemand außerhalb der SM-Szene würde Natascha jemals vermissen. Die Liebe des Professoren-Paares kam Piet plötzlich ungemein rüh-

rend vor. Aber wahrscheinlich waren sie für Natascha nur Mittel zum Zweck gewesen, indem sie sich dort als eben solchen angeboten hatte. So wie überall, weil sie es gar nicht anders kannte.

Piet schob seinen Einkaufswagen durch den leeren Supermarkt. Kurz vor 22 Uhr war man unter sich. Außer ein paar Jugendlichen, die sich mit Sprit und Energy Drinks versorgten, begegnete man nur Singles, auf die zu Hause auch niemand wartete. Piet fixierte mit Tunnelblick die Auslagen, um bloß nicht von einer verzweifelten Mittvierzigerin angebaggert zu werden. Er brauchte keine weiteren menschlichen Dramen. Alles, was er wollte, war ein narkotisierender Fernsehabend, ein gutes Essen und eine Flasche Wein für sich allein. Er stand gerade an der Tiefkühltheke und überlegte, ob er Lachssteak oder Kabeljau nehmen sollte, als sein Handy summte. Genervt sah Piet auf das Display. Es konnten nur Betty oder die Arbeit sein. Was ihn anstrahlte, war Christians Privatnummer.
„Hey?! Du kannst wohl nicht genug von mir bekommen, hm?"
Christian schien nicht zu Scherzen aufgelegt.
„Sorry, dass ich dich so spät anrufe. Aber ich wollte, dass du es weißt, bevor du morgen ins Büro kommst."
Piet fixierte weiter die gefrosteten Fischstücke und versuchte seine Einkaufstrance beizubehalten.
„Was gibt's?"

„Die DNA-Probe von Céline Jakob stimmt nicht mit den DNA-Proben unserer Leiche überein."
Piet riss sich vom Fisch los. Der innere Frieden war vorbei.
„Mist! Das verstehe ich nicht! Frau Jakob hat doch beide Opfer identifiziert und das zweite Opfer scheint wirklich die zu sein, die sie genannt hat."
„Na ja. Die Mädels sehen nun mal recht durchschnittlich aus. Es kann ja sein, dass die eine stimmt. Aber die Nichte von Frau Jakob haben wir nicht in der Kühlung."
Piet kämpfte mit Bedauern und nagendem Zweifel. Beides bezog sich vor allem auf Katharina.
„Okay. Ich werde morgen so früh wie möglich zu Frau Jakob gehen und ihr die Nachricht verkünden. Mal sehen wie sie reagiert."
„Gut. Dann kannst du sie gleich noch mal auffordern ins Dezernat zu kommen. Wir haben noch nicht mal ihre Unterschrift auf dem Protokoll!"
Piet stockte für einen kurzen Moment.
„Ich hatte sie gebeten zu kommen…"
„Seit wann bittest du um so etwas?"
Piet schwieg. Christian erwartete gar keine Antwort.
„Ich sage den Kollegen, dass du morgen später kommst!"
„Danke dir! Bis dann."
Piet legte auf, schob seinen Wagen einen halben Meter weiter und warf zwei Thunfisch-Pizzen hinein. Dazu kamen zwei Flaschen Wein und ein Schokoriegel. Die Lust auf Kochen war ihm vergangen.

Teil 2

Schatten

6

Die Dunkelheit kroch langsam in sie hinein und füllte sie aus. Ihre Glieder wurden taub, ihr Atem flacher. Aber sie musste wach bleiben. Nur wenige Zentimeter entfernt hörte sie leises Trippeln. Die Ratten waren ihre Freunde. Ihre Geräusche malten eine unsichtbare Kulisse. Wenn sie ihnen zuhörte, war sie nicht allein. Der dumpfe, faulige Geruch von feuchtem Mauerwerk, die modrige Luft, die mit kalten Fingern nach ihr griff, die Schmerzen durch das bewegungslose Verharren auf dem harten Stuhl, all das half ihr. Sie war eins mit allem, was sie umgab. Sie war die Luft, die sie atmete, sie war die Schwärze und das Lauschen. Solange sie allein war, hatte die Dunkelheit kein Anfang und kein Ende. Nur wenn es hell wurde, weil er kam, spürte sie eine Angst, die alles in ihr verdarb. Diese Angst war schlimmer als alles andere. Sie machte sie wieder zu dem, was sie war – ein ohnmächtiges Kind.
Katharina schreckte aus ihrem Traum auf. Es war immer dieselbe Stelle, an der sie aufwachte, und sie blieb den Rest der Nacht wach.

Als Piet früh morgens vor Katharinas Tür stand, versuchte er sich zu sammeln und eine innere Distanz herzustellen. Sie war eine Prostituierte. Wunderschön, elegant, kultiviert, aber eine Prostituierte. Und eine Zeugin. Er konnte sie unmöglich weiter ins Vertrauen ziehen und musste seine professionelle Skepsis zurückgewinnen.

Katharina öffnete im schwarzen Hausanzug. An den Füßen trug sie weiße Wollsocken, in der Hand hielt sie eine Schale mit Milchkaffee. Es half nichts. An ihrem Körper war auch ein Hausanzug sexy und ihr ungeschminktes, frisches Gesicht wirkte nicht weniger attraktiv. Im Gegenteil, jetzt fand er sie auch noch süß. Mit umwerfend gespitzten Lippen pustete sie über die Oberfläche des Milchkaffee-Sees und sah ihn mit erwartungsvollem Augenaufschlag an. Piet versuchte sich vorzustellen, wie diese Lippen aussahen, wenn sie ihre Sklaven zusammenstauchte.

„Sie haben Neuigkeiten?"

„Ja, das ja…"

Sie winkte ihn herein. Irgendwo in der Wohnung summte etwas hin und her. Katharina bat ihn in den ‚Blauen Salon'. Piet schaute sich verstohlen um. Katharina setzte sich im Schneidersitz auf einen schwarzen Thron, der auf einem Granitblock stand. Die einzige verbleibende Sitzgelegenheit war eine Folterbank. Piet schob sich auf die vorderste Kante wie auf einen Barhocker. An Stelle von Gläsern und Flaschen schwebten Folterinstrumente neben ihm an der verspiegelten Wand.

„Entschuldigen Sie, dass ich Sie hier empfange. In den anderen Räumen ist meine Reinigungskraft am Werk."

Damit erklärte sich das wiegende Summen, es war der Staubsauger.

„Kann ich Ihnen etwas anbieten? Kaffee? Tee?"

„Nein! Vielen Dank!"

Piet erkannte unter den Spielzeugen einen kleinen Lederhalbkreis mit Ketten wieder, über den sie bei der SpuSi in Nataschas Wohnung gerätselt hatten. Er deutete darauf.
„Was ist das?“
„Ein Eier-Fallschirm.“
Piet verkniff sich ein dummes ‚Aha‘, schaute aber dementsprechend.
„Sie können den Lederhalbkreis um ihre Testikel legen und zuknöpfen. Dann hängen die Ketten wie bei einem Fallschirm nach unten. Und an die Ketten kann man verschiedene Gewichte hängen.“
„Aha! Und wie viel hängt man da so dran?“
“So viel wie Sie und Ihre Kronjuwelen aushalten. Aber das kann man trainieren!“
Piet wusste sofort, dass sie das Training als Trigger für ihn benutzte. Sie besaß eine gute Beobachtungsgabe und verkaufte ihm das Spielzeug mit einem passenden Argument. Wahrscheinlich machte das auch in ihrem Job einen Teil des Erfolges aus. Er lächelte.
„Interessant!“
Sie lächelte zurück.
„Was trainieren Sie?“
„Momentan für die CyClassics.“
„Radrennen?“
„Richtig. Ich war auch mal als Triathlet unterwegs, aber mir sind ein paar Verletzungen dazwischengekommen.“
„Ich verstehe.“
Innerhalb dieser beiden kurzen Worte taxierte sie ihn von

oben bis unten. Als sich ihre Blicke trafen, spannte er unwillkürlich seine Muskeln an. Es machte ihn rasend, dass eine so begehrenswerte Frau ihm das Gefühl gab, ein Bittsteller zu sein. Er war selten in dieser Position, eigentlich nie.
„Was für Neuigkeiten haben Sie für mich?"
„Neuigkeiten, die etwas zweischneidig sind."
Katharina lehnte sich betont entspannt auf ihrem Thron zurück. Doch Piet bemerkte, dass sie die Kaffeeschale nun nicht mehr auf ihren Händen balancierte, sondern umklammerte.
„Die DNA, die wir in der Mütze Ihrer Nichte gefunden haben, stimmt nicht mit der DNA der Toten überein."
Er ließ die Worte stehen und beobachtete ihre Reaktion. Katharina versuchte sichtlich das Gehörte zu begreifen. Ihre Gesichtszüge verrieten keinerlei unnatürliche Anspannung, die ein Verbergen echter Emotionen angezeigt hätte. Im Gegenteil. Ihr Gesicht wurde weich, ihr Blick war ratlos. Sie wusste nicht, ob sie sich freuen oder traurig sein sollte. Piet eilte ihr zu Hilfe.
„Hat vielleicht noch jemand anderes die Mütze getragen?"
„Ich glaube nicht. Sie trug die Mütze den ganzen Tag. Sogar drinnen, weil ich sie ihr an dem Tag gekauft hatte. Als sie die Mütze vergessen hatte, habe ich sie weggelegt und nicht wieder angerührt. Bis jetzt."
„Das könnte bedeuten, dass ihre Nichte noch quicklebendig ist."
Piet registrierte ein irritiertes Blinzeln.

„Und die Leiche bei Ihnen?“
„Sie wissen ja, wie sehr sich die Opfer ähneln. Und da die DNA nun schon zum zweiten Mal nicht übereinstimmt, Ihre Schwägerin hatte ebenfalls eine Probe abgegeben, kann man sich sicher sein, dass die Tote bei uns im Kühlraum nicht Ihre Nichte ist.“
Katharina atmete hörbar aus. Ob erleichtert oder resigniert ließ sich nicht sagen. Piet holte das Foto mit dem zweiten Opfer hervor.
„In der Wohnung von Natascha Krause, die Sie ja ebenfalls identifiziert haben...“
Piet machte eine Kunstpause. Katharina sah ihn geradeheraus und interessiert an. Sie schien keinerlei Zweideutigkeit aus dem Satz herauszulesen. Piet wischte den Gedanken fort, dass ihre Aussage falsch gewesen sein könnte.
„…haben wir folgendes Foto sichergestellt. Ich wollte Sie fragen, ob Sie den Mann trotz, oder vielleicht gerade wegen seiner Maske erkennen?“
Piet hielt ihr das Bild von Natascha und dem Mann mit der Gasmaske hin. Stirnrunzelnd nahm Katharina das ausgedruckte Foto entgegen.
„Ja, ich kann Ihnen sagen, wer der Mann ist. Das ist der ‚Baron‘. Aber das wird Ihnen nichts nützen. Der Baron kommt immer in voller Montur und wahrt seine Anonymität.“
„Wie macht er das denn? Die Gespielinnen wollen doch sicherlich mal das große Geheimnis ausplaudern?“
„Das würde ich den jeweiligen Damen nicht empfehlen…

Der Baron ist nicht nur Gummifetischist, sondern auch ein erstklassiger Sadist. Die Frauen folgen ihm aufs Wort. Außerdem gibt es bei uns einen gewissen Ehrenkodex."
Piet musste wieder an das distinguierte Pärchen mit ihrer geliebten Haussklavin denken, die sich zu ihrem eigenen Unglück nicht an ihren Sklavenvertrag gehalten hatte. Eine Parallelwelt tat sich auf, die ihm wie eine altertümliche Schattengesellschaft vorkam.
„Wieso machen die Frauen das? Das ist doch…"
Katharina nahm genüsslich einen Schluck Kaffee aus ihrer Schale und ließ Piet zappeln. Sie fand seine ehrliche Empörung rührend. Wie beiläufig beendete sie seinen Satz.
„Pervers?"
Ihre Herablassung machte Piet wütend.
„Wie nennen Sie das denn?!"
„Ich bitte Sie! Soll ich Ihnen aufzählen, was ich an unserer Gesellschaft alles pervers finde?"
Piet befürchtete, dass er Katharinas Beispielen würde zustimmen müssen und schüttelte abwehrend den Kopf.
„Im Gegensatz zu all dem, was unsere Gesellschaft als selbstverständlich ansieht, sind wir BDSM-ler absolut moralisch! Die Leidtragenden außerhalb unserer kleinen Welt sind echte Opfer, weil sie keine Wahl haben. Wenn sich jemand von mir wünscht, dass ich ihn quäle, dann ist das seine freie Entscheidung."
„Ich bezweifle, dass die Entscheidung sich zum Opfer zu machen, eine freie ist!"

„Außerhalb dieser Räume ist es keine freie Entscheidung, das stimmt. Aber hier in diesen vier Wänden wird sie dazu."
Piet und Katharina saßen schweigend da, als hätten sie ein Duell hinter sich, bei dem niemand gefallen war. In der Stille summte wieder der Staubsauger vor und zurück. Piet versuchte dem Gespräch eine andere Richtung zu geben.
„Warum halten Sie sich eigentlich keinen Putzsklaven?"
„Auch ich brauche mal eine Auszeit."
„Aber der würde doch für Sie putzen? Und das noch unentgeltlich."
Katharina schüttelte abermals den Kopf, aber sie lächelte wieder.
„Dafür, dass er putzt, müsste ich mich um ihn kümmern. Aufmerksamkeit und Bestrafungen schenken. Es wäre keine freie Zeit, so wie Sie sich das vorstellen. Es ist immer ein Geben und Nehmen. Immer!"
Piet lächelte zurück.
„Da bin ich ja beruhigt!"
„Und Sie glauben, der Baron hat etwas mit dem Tod von Natascha zu tun?"
„Es ist zugegebenermaßen ein äußerst vager Hinweis. Was denken Sie?"
„Ich glaube kaum. Ein Mensch, der seine sadistischen Neigungen einvernehmlich auslebt, ist kein Mörder. Er kann als Sadist leben, weil er seine Grenzen kennt und die seines Gegenübers respektiert."
„Im Polizei-Jargon meinen wir mit Sadisten eher solche

Menschen, die ihre Opfer vor der Tötung quälen, und für die der Tötungsakt entweder der Höhepunkt ist oder einfach zur Vertuschung der sadistischen Taten dient."
„Das verstehe ich durchaus. Aber bei solchen Tätern treffen immer mehrere Persönlichkeitsbilder aufeinander, die für unsere Gesellschaft eine Störung darstellen."
Piet wusste nicht genau, ob er von ihrer Wortwahl fasziniert oder entgeistert sein sollte.
„Persönlichkeitsbilder, die für unsere Gesellschaft eine Störung darstellen? Ich denke, wenn jemand einen anderen Menschen aus purer Lust bei lebendigem Leibe zerfleischt und sich an der Angst seines Opfers weidet, ist das keine ungünstige Kombination von Persönlichkeitsbildern, sondern eine handfeste, gemeingefährliche Störung und zwar per se! Nicht nur für unsere Gesellschaft!"
Katharina sah ihn an, als säße sie einem Patienten gegenüber, dem sie noch mal eine schwere Diagnose bestätigen musste.
„Im Einzelnen sicherlich, aber prinzipiell gesehen ist das Böse genauso notwendig wie das Gute, weil das Eine nicht ohne das Andere existieren kann. Das denken wir nur, weil wir es uns wünschen, und diese Wünsche unsere Moralvorstellungen geprägt haben."
„Und aus dieser Ying und Yang-Formel leiten Sie was bitteschön ab? Dass Kriege, Morde und Folterungen okay sind und dazugehören, weil sonst auf der rosaroten Seite keine Liebe und kein Gänseblümchen mehr wächst?!"
Nun hatten sie doch noch die Colts gezogen. Piet merkte,

dass ihn neben seiner Entrüstung Furcht beschlich. Die Furcht, diese schöne Frau nicht mehr mögen zu dürfen. Er schaute in ihre Augen, in der plötzlich eine uralte Traurigkeit stand.

„Ohne das Böse wäre der Mensch nicht Mensch, sondern Tier."

Piet schnaufte abfällig.

„In meiner Laufbahn bin ich leider schon einigen Tieren in Menschengestalt begegnet."

„Ich denke, damit tun sie den Tieren unrecht. Wir Menschen sind als einzige Lebewesen sündig."

Piet stieß der biblische Begriff sofort auf.

„Ich halte nichts von Religionen und ihren missionarischen Auswüchsen."

Katharina trank ihren Milchkaffee aus und stellte die leere Schale auf die Lehne ihres Throns.

„Wissen Sie denn was Sünde bedeutet?"

Piet zuckte vorsichtshalber mit den Achseln.

„Sünde kommt vom germanischen ‚sunt', das nichts anders bedeutet als ‚wahr' oder ‚seiend'. Das Wort hat eine enge Verwandtschaft zu dem Wort ‚absondern', auf Griechisch und Latein würde man die Sünde mit Zielverfehlung übersetzen. Die Erbsünde, die uns à priori alle zu Sündern macht, ist das einzige Plausible im Buch der Bücher. Wir haben uns durch unsere Bewusstwerdung, unser Selbst, aus der göttlichen Einheit abgesondert und verfehlen seitdem immer wieder unser Ziel."

„Wir kopulierten und fraßen uns unschuldig durch das Paradies bis die Erkenntnis kam, und schon wurde es schlecht?“
Katharina lächelte bedauernd. Piet war unsicher, ob es sich auf seine lakonische Äußerung bezog oder auf den Verlust der Unschuld.
„Mit dem Menschen kamen das Gute und das Böse auf die Welt, weil er die Welt nur in dieser Polarität erkennen kann. Wir alle sind sündig, weil wir in der Polarität und nicht mehr in der Einheit leben. Aber die Einheit dessen, was uns umgibt, besteht immer aus zwei Polen: Gut und Böse, Licht und Dunkel, Männlich und Weiblich und so weiter – also Ying und Yang! Der große Fehler des Christentums war es, die Erbsünde falsch zu deuten. Der Himmel war das allumfassende Gute. Die Hölle, das Böse, das um jeden Preis zu meiden war. Damit hat das Christentum die Spaltung des Bewusstseins nur vorangetrieben. Das Allumfassende, also auch das Göttliche, besteht jedoch aus Gut und Böse. Und letzten Endes geht es in jeder Religion oder spirituellen Weltanschauung darum, wieder zu dieser Einheit zurückzufinden. Das können wir Menschen aber nur mit der Auflösung unseres Egos erreichen. Denn wenn wir zur Einheit zurückwollen, müssen wir entweder sterben oder das Übermenschliche schaffen: Nichts mehr werten, nur noch schauen, um zu erkennen, dass alles, was ist, gut ist, weil es ist.“
„Alles ist gut, einfach weil es da ist?!“
„Ja. Das ist das, was unseren menschlichen Verstand über-

steigt und falsch gedeutet wird. Wenn jemand Zeuge einer Vergewaltigung wird, heißt diese Erkenntnis nicht, dass er nur zuschauen soll. Natürlich sollte man einschreiten. Aber zu glauben, die Vergewaltigung an sich ausrotten zu können, ist falsch. Letzten Endes verkörpert sie nur das von uns abgelehnte, aber immer existente und notwendige Prinzip. Wie Goethe so schön gesagt hat: Wo viel Licht ist, ist auch viel Schatten."

„Ist das nicht ein wenig zu einfach?"

„Im Gegenteil. Mit dieser Erkenntnis angemessen umzugehen, ist unendlich schwierig. Das Böse hört nicht auf. Niemals."

Piet sah sich um. Er saß tatsächlich in einem SM-Studio auf einer Folterbank. Ihm gegenüber thronte ebenso real eine Domina in Hausanzug und klärte ihn mit gefalteten Händen über die ewige Dialektik von Gut und Böse auf. Sein Blick blieb an einer der Peitschen hängen.

„Das heißt, Ihrer Meinung nach sollte ich mich dem Bösen hingeben, dann kommt das Gute auch wieder zu seinem Recht?"

„Nein, das meine ich nicht. Ich sage nur, das Böse zu leugnen bringt nichts. Außer, dass es irgendwann außer Kontrolle gerät. Schauen Sie sich doch den politischen oder religiösen Fanatismus an. Es geht immer um Selbstverteufelung oder Verteufelung eines anderen, also die hysterische Ignoranz gegenüber dem eigenen Schatten. Ob früher die Christen mit ihrer Inquisition und Hexenverfolgung oder heute die Islamisten mit ihrem Terror. Wer sich auf die Fahnen schreibt, das Böse zu vernichten, wird zum Bösen."

„Und wie würden Sie dann dem Bösen gegenübertreten?"

Ein leicht bedauernder Ausdruck huschte über Katharinas Gesicht.

„Sich selbst zu lieben und ernst zu nehmen in dem Bewusstsein, dass man letzten Endes unwichtig ist, wäre sicherlich ein guter Anfang."

Piet versuchte diese einfache Formel zu zerlegen, aber tatsächlich bildete sie eine sinnfällige Einheit, und eine schöne noch dazu.

„Das kann man anderen nur sehr schwer beibringen."

„Das ist das Problem bei der Sache, letzten Endes bleibt jeder Mensch damit allein."

Je mehr Gefühle Piet innerlich aufwühlten, desto mehr versuchte er seiner Entgegnung etwas Humoriges zu geben.

„Auf jeden Fall hat es etwas Beruhigendes, dass wir alle sündig sind. Damit sind wir ja keineswegs allein!"

Katharinas grüne Augen funkelten vergnügt.

„Das ist ein ungemein tröstlicher Aspekt!"

„Und Sie praktizieren hier reine Nächstenliebe, nehme ich an?"

Katharina lehnte sich herausfordernd auf ihrem schwarzen Thron vor.

„Sehen Sie es doch einfach so: Das Böse ist der Thronsitz des Guten!"

Piet lehnte sich ebenfalls nach vorn.

„Das sehe ich!"

Katzengrüner Blick. Piet spürte wie sich seine Muskeln wieder ruckartig anspannten. Er atmete tief durch, um sich erneut zu konzentrieren.
„Sie sagten Gummifetischist. Das heißt, er trägt Gummi?"
„Eher Latex. Man müsste zwischen Latex und Gummi unterscheiden, aber meistens spielt man mit beiden Materialien."
„Aber er ist von Kopf bis Fuß bedeckt?"
„Richtig! Der absolute Genuss ist dann gegeben, wenn quasi kein Zentimeter des Körpers unbedeckt bleibt."
Piet lehnte sich zurück.
„Kann man sich so in Latex kleiden, dass man keinerlei DNA verteilt? Also, keinen Speichel, keine Hautschuppen, kein gar nichts?"
Katharina überlegte kurz.
„Wenn man es darauf anlegt… Man muss sich dann sehr vorsichtig ankleiden und die Gummiteile müssten absolut rein sein. Und man bräuchte Hilfe. Aber wenn man erst mal drinsteckt, sollte das kein Problem sein. Und…"
Piet sah Katharina an, dass es ihr großes Vergnügen bereitete, aus dieser Perspektive ganz neu über ihr Metier nachzudenken.
„Ja! Wenn derjenige voll angezogen ist, und eine Hilfe ihn noch mal mit Desinfektionsmittel abwischen würde, oder was dazu nötig wäre, dann wäre er so präpariert, dass er absolut keine Spuren hinterlässt."
Katharina sah Piet begeistert an.
„Der Mörder hat keine DNA hinterlassen?"
„Sie kombinieren scharf!"

Katharina grinste. Piet grinste zurück.
„Hätten Sie vielleicht eine Idee, wie ich an den Baron herankommen könnte?“
Katharinas Grinsen wurde immer breiter, bis sie es mit einem begeisterten Lachen sprengte.
„Oh ja! Die hätte ich!“

Piet wog seine schwere Sporttasche, als ob es seine Gedanken wären. Er war 2000 Meter geschwommen, hatte mehr Wiederholungen beim Bankdrücken geschafft als sonst, und seine Maximalleistung auf dem Ergometer war für den jetzigen Trainingsstand hervorragend. Er war erschöpft und trotzdem hellwach. Sein Blut sirrte wie ein Schwarm aufgeregter Insekten durch seinen Körper.
Als sie mit ihrem hanebüchenen Vorschlag kam, hatte er sie ausgelacht, um nicht zu zeigen wie sehr sie ihn traf. Sie hatte allen Ernstes vorgeschlagen, dass sie ihn als Sklaven zu einer Party mitnehmen könnte, bei der auch der Baron zu Gast war. Bei jedem Schritt sah er ihren genüsslichen Blick vor sich.
„Ich bitte Sie! Das wäre doch mal echtes Undercover! Als ‚Dom‘ müsste ich Sie erst anlernen. Als Sklave müssen Sie nicht viel wissen. Wir können auch gern eine detaillierte Abmachung treffen, was für Sie an dem Abend ginge und was nicht… Also, mein Angebot steht!“
Was für ein absurder Gedanke! Er als ihr Sklave! Piet wurde heiß, wenn er nur daran dachte. Wut, Scham und Begehren, mit jedem Gedanken an Katharina verteilte sich

das explosive Gemisch in seinem Körper. Bei der Verabschiedung an der Tür hatte er ihren Duft eingesogen, ihren natürlichen Duft, der irgendwo zwischen Ohrläppchen und Nacken schwebte. Unwiderstehlich. Trotzdem! Er würde sich nicht für diese ‚Lady' zum Kasper machen, schon gar nicht im Ganzkörperkondom. Piet hätte Katharina gern durchanalysiert bis auf die Knochen, Wirbel für Wirbel, bis er sie in seinem Geiste gebeugt hätte, aber es ging nicht. Er konnte sich tausendmal sagen, dass sie nichts weiter als eine Hure war, die am Ende der Schicht dasselbe wegwischte wie ihre Kolleginnen. Für seinen Verstand blieb sie ein weißes Blatt Papier, kostbarstes Bütten, strahlend schön und schwer zu beschreiben.
Er konnte jetzt nicht nach Hause. Schon auf dem Weg zur Kneipe wurde ihm klar, dass es ein Fehler war. Aber so würde er kein Auge zu tun. Noch im Gehen zückte Piet sein Handy.
„Hi! Ja, ich lebe noch. Sorry! Du weißt doch wie das ist. Viel zu tun gerade. Ich bin gleich bei Corni. Okay! In einer halben Stunde. See you!"

‚Corni's Corner' war eine der guten, alten Eckkneipen, die für jeden zweiten Gast auch das zweite Wohnzimmer darstellte. Der Wirt, Cornelius von der Ahr, hatte darauf verzichtet seinen hochwohlgeborenen Namen beizubehalten und sich zu Corni's Corner verleiten lassen. Immerhin war der Name seiner Kneipe so englisch, dass sein Apostroph absolut legitim war.

Piet trat ein und nickte Corni wortlos zu. Kaum saß er auf seinem Stammplatz, stand sein Gedeck auch schon vor ihm – ein kleines Gezapftes und ein Aquavit.
Piet pfiff auf Cocktails und andere Moden. Whisky wurde ohne Eis getrunken, Rum ohne Cola und eine Linie war das Beste zum Bier. Wenn der Alkohol gut war, musste er pur genossen werden. Alles andere war kein echter Genuss. Viele hielten Piet deswegen für altmodisch. Auch zu Corni wäre kaum einer seiner Kollegen gegangen. Man musste ja immer am Ball bleiben, up to date sein, sich da sehen lassen, wo es angesagt war. Musste immer das saufen, fressen und kaufen, was die Konsumkultur als neueste Parole ausgab. Piet hasste alles Oberflächliche. Seine Jahre auf der Straße hatten ihn gelehrt, Menschen genau einzuschätzen. Aber er wusste auch, dass seine Abneigung viel mehr über ihn aussagte, als über die armseligen Profilneurotiker, die ständig am senden, zeigen und checken waren, weil sie sonst gar nicht existierten. Das Schlimmste war ohnehin, scheinbar alles über Andere zu wissen und nichts an der eigenen Misere ändern zu können. Piet liebte die Menschen. Wirklich. Er wollte nur nicht zu viel mit ihnen zu tun haben. Immerhin konnte er seine Misanthropie als Berufskrankheit auslegen. Er kippte den Aquavit und bestellte gerade noch einen, als sich die Tür öffnete.
„Hi Betty!"
Bettys Wangen glühten, ihre braunen Knopfaugen blitzten. Piet versuchte diese physischen Anzeichen nicht auf etwaige Emotionen zu beziehen, die aufgrund ihrer Verabre-

dung zustande kamen, musste aber zugeben, dass er sich auch freute Betty zu sehen.
Es wurde einer der üblichen Abende. Sie fragte ihn, wie es ihm ginge und wie die Ermittlungen liefen. Über beides wollte er nicht reden, so dass Betty von sich erzählte. Dazu floss einiges an Alkohol, denn auch Betty konnte erstaunlich viel ab, und danach landeten sie bei ihr im Bett.
Er mochte Betty, er mochte sie wirklich. Sie war ein guter Kumpel. Man konnte mit ihr lachen, und sie mochte es auch mal hart rangenommen zu werden. Meistens nahm Piet sie so, dass er nicht in ihre Augen sehen musste. Ihnen beiden war klar, dass ihre Beziehung sich in diesen Treffen erschöpfen würde. Auch wenn Betty es hoffnungsvoll leugnete, was Piet am meisten auf sein Gewissen drückte.
Nach dem Sex lagen sie oft noch eine Weile beieinander, futterten Chips und hörten Musik. Diese Momente, die sich wie eine echte Beziehung anfühlten, waren die schönsten und die schmerzlichsten. Dann musste Piet gehen. Und immer wenn er ging, wusste er, dass er der Schwächere von ihnen beiden war.

7

Zur morgendlichen Dienstbesprechung kam Piet nur mäßig angeschlagen. Der Glaskasten, wie sie den nachträglich vom Großraumbüro abgeteilten Raum nannten, war gerammelt voll. Das war kein Kunststück, denn besonders groß war der Glaskasten nicht. Am Kopfende des Tisches saßen Herbert und die Schwiers. Marquardt war nicht zu sehen, dafür waren die Kollegen von der Sitte, der Vermissten und der KTU da. Christian schob sich an den Rücken der Kollegen vorbei und verteilte die lebenswichtigen Kekse.

Piet betrat den Glaskasten und grüßte in die Runde. An der gegenüberliegenden Wand saß ein Mittdreißiger, den Piet nicht kannte, aber sofort unsympathisch fand. Jung, dynamisch, in bonbonfarbenen Bundfaltenhosen mit hautengem Hemd und einem Haarschnitt, bei dem jedes Härchen in Reih und Glied gegelt war. So ein aalglattes Arschloch, das alles darstellbar fand, auf zeitnahe Synergie-Effekte setzte und nach jedem Satz ein Selfie von sich schoss. Alles an ihm war so, dass Piet es ausspeien wollte. Die Sympathie schien auf Gegenseitigkeit zu beruhen. Die Bonbonhose musterte Piet abfällig und schien lange daran knabbern zu müssen, dass es tatsächlich noch Männer gab, die einfach nur Bartstoppeln statt modisch gestutzte Gesichtsdekoration trugen.

Christian schob Piet fürsorglich eine gefüllte Kaffeetasse an seinen Platz. Piet hätte sich am liebsten mit einem

freundschaftlichen Klaps auf Christians runde Wange bedankt. Stattdessen kam ein Kommentar von Staatsanwältin Schwiers.
„Nachdem auch der Letzte seinen Kaffee vor der Nase hat, würde ich gern als erstes unseren neuen Kollegen begrüßen!“
Sie schaute begeistert zur Bonbonhose.
„Thorben Möller ist aus Köln zu uns als Kommissar zur Anstellung gewechselt und wird ab jetzt Ulrike Mertens vertreten. Nach dem Schwangerschaftsurlaub sehen wir dann weiter!“
Sie strahlte Möller an, er strahlte zurück.
„Danke, ich freue mich außerordentlich das Team unterstützen zu können!“
Herbert nickte dem Beamten auf Probe wohlwollend zu und eröffnete ohne Umschweife die eigentliche Besprechung.
„Als erstes die Neuigkeiten aus dem Labor: Die DNA-Proben, die wir zum Abgleich mit dem ersten Leichnam bekommen haben, haben keine Übereinstimmung gezeigt. Das heißt die erste Leiche bleibt weiterhin herrenlos. Ist also nicht, wie vermutet, Céline Jakob. Insofern müssen wir da von vorn anfangen und schauen, wie glaubwürdig die Aussage der Hauptzeugin ist, die auch die zweite Tote identifiziert haben will…“
Piet hakte sofort ein.
„Die Glaubwürdigkeit scheint mir außer Frage zu stehen. Ich war heute Morgen bereits bei Frau Jakob und habe ihr

die Neuigkeiten persönlich mitgeteilt. Ihre Reaktionen waren die einer Frau, die von ihrer Aussage überzeugt ist. Wir haben schließlich nicht nur von Frau Jakob, sondern auch von der Mutter des Opfers dieselbe DNA bekommen. Natürlich kann man in der Situation, in der Familie Jakob steckt, nicht ausschließen, dass emotionale Beweggründe das Urteilsvermögen getrübt haben. Wenn man ein Kind vermisst, ist unbewusst jedes ‚Finden' und jeder ‚Hinweis' besser als nichts. Selbst wenn das Kind tot sein sollte. Aber die Aussage, die wir auf Band haben, ist sehr sachlich gewesen. Das zweite Opfer, Natascha Krause, wurde zudem von mehreren unterschiedlichen Personen identifiziert, nicht nur von Frau Jakob. Ex-Kolleginnen, das Paar, bei dem Frau Krause gewohnt hat, und ihre Mutter haben das Opfer wiedererkannt."

„Schön und gut! Wenn die Dame so glaubwürdig ist, sollte sie auch ihre Unterschrift unter das Protokoll setzen! Wieso haben wir die eigentlich noch nicht?"

Christian schaute betreten zu Piet und dann schnell auf einen Keksteller. Piet unterdrückte die Schamesröte so erfolgreich, dass sie nur ganz kurz über seinen offenen Hemdkragen blitzte. Er hatte schon wieder vergessen Katharina zur Unterschrift unter ihre Zeugenaussage aufzufordern.

„Ich schlage vor, dass wir Frau Jakob ohnehin noch mal einladen, damit wir vor diesem Hintergrund eine detailliertere Befragung durchführen können."

Herbert nickte und Piet wusste genau, dass er damit auch seine Nachlässigkeit abnickte.
„Gibt es Neues zu den Orten, wo sich die Opfer vermutlich zuletzt aufgehalten haben?"
„Bezüglich des ersten Opfers haben die Kollegen im Umfeld der Recycling-Station an die 250 Befragungen durchgeführt. Leider haben sie nichts ergeben. Nach dem Suchaufruf, den wir in den Lokalmedien hatten, sind unzählige Anrufe eingegangen, aber wenig Hilfreiche. Vor allem, weil sich die Aussagen oftmals auf unspezifische Plätze bezogen, Hauptbahnhof, Einkaufsmeilen und ähnliches. Betreff des zweiten Opfers ist das Nachzeichnen der letzten Stunden auch nicht detailliert möglich, aber wir haben einen fotografischen Hinweis auf einen ‚Spielkameraden' der jungen Frau, der zumindest eine interessante Schlussfolgerung zulässt. Am ersten, sehr frischen Leichnam wurden ja keine verwertbaren Fingerabdrücke oder DNA gefunden, die irgendwelche Hinweise auf den Täter ergeben hätten. Hier lässt sich eine Verbindung herstellen. Natascha Krause hat mit dem sogenannten ‚Baron' gespielt, einem Sadisten mit Latex-Fetisch. Wenn man sich ganz in Latex hüllt, kann man verhindern, dass man Faserspuren, Haare und andere DNA hinterlässt."
Meyerdierks von der KTU zog seine buschigen Augenbrauen zusammen.
„Beim Anziehen hinterlässt man doch trotzdem Spuren an der Außenseite."

„Korrekt! Aber wenn man in der Gummihaut drinsteckt und man sich selbst oder jemand Zweites einen noch mal sorgfältig abwischt, dann hinterlässt man keine eigenen Spuren. Oder könnte man dann etwas nachweisen?"
Meyerdierks verzog das Gesicht.
„Im Prinzip schon, aber praktisch tatsächlich so gut wie unmöglich."
Die Schwiers runzelte die Stirn.
„Was heißt im Prinzip?"
Bevor der gemächliche Meyerdierks antworten konnte, antwortete die eifrige Bonbonhose.
„Im Locard'schen Prinzip! Das Locard'sche Prinzip besagt, dass kein Kontakt zwischen zwei Objekten vollzogen werden kann, ohne dass gegenseitig Spuren übertragen werden - deswegen "prinzipiell ja". Praktisch dürften die übertragenen Latex-Spuren nur sehr gering und mit herkömmlichen Spurensicherungs- und Analysenmethoden kaum zu finden sein."
Piet und Meyerdierks wechselten entnervte Blicke.
„So oder so! Das gereinigte Latex-Outfit ist zwar nur eine Vermutung, aber sie würde den Zusammenhang mit Sexpraktiken oder einer gewissen Szene stützen. Und das zweite Opfer hatte ja nachweislich Kontakt dazu."
Die Zwillinge von der Sitte nickten verhalten und wie immer synchron. Wer von den beiden sich dem anderen nach und nach angeglichen hatte, war nur noch schwer zu sagen. Beide hatten ihre grauen Haare millimeterkurz rasiert, trugen gemusterte Pullover aus denen akkurat gebügelte

Hemdkragen hervor lugten, und bestellten sich in der Kantine immer dasselbe Essen. In der Abteilung wurde aufgrund des Partnerlooks gemunkelt, dass Behrens und Kaufmann eine Beziehung hatten, aber nie hatte sie jemand zusammen nach Hause gehen sehen. Wenn man Jahre lang so eng zusammenarbeitete, führte man ohnehin eine Beziehung. Kaufmann brachte ihre Bemerkung ein.
„Natürlich kann das auf jeden Gummifetischisten zutreffen."
Piet ließ seine Handflächen auf die Tischplatte fallen.
„Tja! Momentan haben wir nur die Spur von diesem einen! Vielleicht könnt ihr uns noch eine Zusammenstellung etwaiger Etablissements und Kandidaten liefern?"
Die Zwillinge schafften es auf ironische Weise synchron die Köpfe zu wiegen.
„Kaum! Latexliebhaber kommen in unserer Kriminalstatistik nicht vor. Wir überlegen uns, wo Befragungen am sinnvollsten wären."
Schwiers schaltete sich ein.
„Wissen wir überhaupt schon irgendetwas über den oder die Täter?"
Piet setze seine Kaffeetasse betont langsam ab.
„Es sprechen ebenso viele Indizien für einen Einzeltäter, wie für zwei unterschiedliche Täter. Ich würde aber, wie gesagt, bei der schnellen Abfolge und der Ähnlichkeit der Opfer von einem Täter ausgehen. Nehmen wir ein sexuell motiviertes Tötungsdelikt an, ist der Täter zu 98,8% männlich."

Die Bonbonhose rutschte auf seinem Stuhl hin und her, als ob er sich nicht auf Toilette traute. Die Schwiers strahlte ihren neuen Liebling auffordernd an.
„Also! Sie sprechen immer von sexuell motiviert, aber es fehlen doch die typischen sexuell-destruktiven Elemente. Keine Verstümmelung, kein gar nichts. Und bei Serientätern ist sadistische Sexualität doch fast Voraussetzung!"
Die Bonbonhose schaute stolz in die Runde, die ihm auf die eine oder andere Art zustimmte. Diesen Gedanken hatten alle schon gehabt. Piet gab der Bonbonhose auf seine Art Recht.
„Unsere Fälle sind nicht in vorhandene Reihen einzuordnen. Entweder haben wir es hier mit Einstiegstaten zu tun, oder es sind zufällig zwei gleich aussehende, junge Frauen kurz nacheinander ums Leben gekommen."
Die Schwiers hakte ein.
„Hatten wir nicht auch schon mal an ein Täterpaar gedacht?"
Christian nickte bestätigend.
„Wegen der Ablage! Hiev mal eine Leiche auf einen Dolmen!"
Piet verschränkte die Arme.
„Täterpaare sind weitaus seltener."
Herbert wendete sich an Brock vom Dezernat für vermisste Personen.
„Habt ihr vielleicht etwas Passendes?"
„Nichts. Der bundesweite Abgleich hat derzeit keine Ähnlichkeiten mit anderen Fällen ergeben, weder aktuelle noch

bei älteren Fällen. Und dass der öffentliche Aufruf nicht viel gebracht hat, wissen wir ja schon. Bei der zweiten Leiche war schließlich nicht mehr viel auszuwerten."

Die KTUler nickten bedauernd.

„Der DNA-Vergleich anhand der zweiten Haarprobe läuft!"

Die Schwiers runzelte die Stirn.

„Wieso dauert das denn alles so lange?"

Herbert schnappte ungewohnt grantig zurück.

„Weil wir hier Dienst nach Kassenstand machen und es in den Laboren nicht besser aussieht! Unser Institut für Rechtsmedizin wird demnächst auch noch mit einem zweiten Institut zusammengelegt! Dann können Sie sich auf noch längere Wartezeiten gefasst machen!"

Schwiers schlug den Teelöffel gegen den Rand ihrer Tasse, als wolle sie eine zähe Masse abschütteln.

„Na! Dann hoffen wir mal, dass der zweite DNA-Test positiv verläuft!"

Herbert schaute auf die Uhr.

„Gut! Oder nicht gut. Piet bleibt an der Spur des zweiten Opfers. Christian organisiert die Befragung der bisherigen Hauptzeugin hier im Haus. Die Sitte stellt Hinweise für die Ermittlung zusammen, die Vermisste lässt uns sofort wissen, wenn neue Einträge zu Frauen vorhanden sind, die dem Opferprofil entsprechen. Und Herr Möller wird sich jetzt hier im Büro um die Auswertung der Ergebnisse kümmern! Bis zur nächsten Sitzung meine Damen und Herren!"

Piet stand wieder vor der SM-Arena und war fest entschlossen an den Baron heranzukommen, und zwar ohne Hilfe von Katharina Jakob. Diesmal wurde ihm von der Kleinen mit dem Pilzkopf geöffnet. Die Überraschung auf ihrem Gesicht wandelte sich sofort zu einem ‚Hab ich's doch gewusst', dass Piet ungemein nervte.
„Hör mal Mädel, ich stehe nicht auf euch junge Dinger! Auch nicht in Lederröckchen mit schummriger Beleuchtung. Lass uns mal nach hinten durchgehen!"
In der Küche sah es aus, als hätte sich seit Piets letztem Besuch rein gar nichts verändert. Dieselben vollen Aschenbecher, dieselbe angespannte Langeweile. Statt Mandy stand nun eine dralle Blonde am Fenster, die auch aus Piets Heimatdorf hätte stammen können. Einfach und herzlich, aber nur wenn man dazu gehörte.
„Hallo, die Damen! Ich habe eine kurze Frage. Kennen Sie diesen Mann hier?"
Piet ließ das Foto mit dem Baron und Natascha auf den Resopal-Tisch segeln.
Die Reaktion war verblüffend. Kaum hatten sich die Frauen über das Foto gebeugt, zuckten sie zurück, als wenn es von einem Hochspannungsfeld umgeben wäre. Furchtergriffenes Schweigen.
„Sie kennen den Herrn also!"
Die Chefin schickte einen blitzend blauen Blick in die Runde. Die Frauen senkten ihre Augen. Piet stützte sich auf den Tisch und wendete sich direkt an sie.
„Sie sind doch eine kluge Frau!"

Geschmeichelte Verunsicherung flackerte in der eisblauen Iris auf.
„Ich weiß, es gibt da einen Kodex. Sie schweigen sich über Ihre Gäste und Kollegen aus. Das ist in Ordnung, so lang Sie niemandem außer sich selbst schaden. Aber die junge Frau, die für Sie gearbeitet hat, ist umgekommen! Und ich würde mich gern mal mit diesem ‚Baron' unterhalten, der sich sicherlich bestens selbst verteidigen kann."
Die Chefin schaute gequält drein und zuckte hilflos mit den Schultern.
„Ich… Ich würde Ihnen wirklich gern helfen. Aber der Baron ist jemand, der nur mit Maske spielt. Das gibt es zwar selten, aber…
Piet setzte sich hin.
„Sie haben ihn aber schon mal gesehen?"
Die blondierte Gottesanbeterin nickte.
„Ist Ihnen da etwas Besonderes aufgefallen? Groß? Klein? Dick, dünn?"
„Normal würde ich sagen."
„Was heißt normal für Sie?"
Die Gottesanbeterin zuckte mit den Achseln.
„Sonst irgendetwas, woran Sie ihn wiedererkennen würden?"
„Er trägt immer so einen Umhang."
„Er hat eine schöne Stimme!"
Piet schaute die Stramme an, die versonnen dreinblickte.
„Was heißt ‚schön'?"
„Ich weiß nicht. Sie ist männlich. Wohlklingend. Eine

Stimme, die man bei ihm nicht vermuten würde."
„Also ist er eher klein? Schmächtig?"
„Schmächtig nicht. Aber er geht mir höchstens bis hier."
Die Hand der Strammen schwebte kurz über ihrem beeindruckenden Vorbau.
„Gut! Vielen Dank. Und hätten Sie auch eine Idee, wo man ihn antreffen könnte?"
Schweigen im Walde. Piet musste an die Leiche auf dem Dolmen denken. Da erspähte er eine Liste mit Zahlen, die auf seiner Augenhöhe auf einem Regal lag. Interessiert zog er den Block zu sich heran. Er merkte sofort, dass ein Ruck durch die Chefin ging, wenn auch ein beherrschter. Unter den Namen der Frauen standen Zahlenkolonnen. Es tauchten immer wieder dieselben Zahlen auf.
Ungefragt klärte die Chefin ihn auf.
„Unsere Telefonliste!"
„Und was sollen das für Zahlen sein?"
„Na, die Einheiten, was sonst!"
Piet ließ sich Zeit.
„Hmmm! Sie telefonieren aber nicht wenig! Und immer in denselben Takten! Mal 10,0 mal 20,0. Wie schaffen Sie und ihre Mädels das so genau!"
„Wir haben Uhren!"
In dem Moment, als die Gottesanbeterin geantwortet hatte, erkannte sie ihren Fehler.
„Uhren! So, so! Ich glaube nicht, dass das Telefoneinheiten sind. Ich glaube, das ist das, was jede Frau pro Gast anschafft. 100 Euro, 200 Euro. Damit sie nachher abrechnen können. Schwarz."

„Denken Sie, was Sie wollen!“
Piet wedelte sich mit dem Block Luft zu.
„Hören Sie! Ich brauche nur eine kleine Information. Wenn Sie mir helfen, lege ich den Block wieder auf das Regal und komme gar nicht auf die Idee, überprüfen zu lassen, ob Sie Ihr Gewerbe angemeldet haben.“
Die Gottesanbeterin gab klein bei.
„Ich habe ihn erst ein paar Mal gesehen und das war bei Privatpartys!“
„Namen?“
Trotzig schüttelte die Chefin ihren Kopf.
Piet griff wieder zu dem Block und fächelte sich die verbrauchte Luft zu.
„Dann muss ich Sie leider alle vorladen und im Dezernat befragen lassen.“
Das altmodische Telefon auf dem Küchentisch klingelte. Im selben Moment schien Piets Drohung vergessen. Die Frauen warfen sich alarmiert in Pose als ob kein Telefonat, sondern eine Video-Konferenz anstünde. Die Stramme nahm den Anruf entgegen und fing in einschmeichelndem Ton ein Geschäftsgespräch an.
Plötzlich sprang die Chefin auf, nahm Piet hart an den Arm und schob ihn herrisch aus der Küche.
„Dann laden Sie mich doch auf Ihr Dezernat vor!“
Piet war so verblüfft, dass er gar nicht reagieren konnte. Erst auf dem dunklen Flur wand er sich aus ihrem erstaunlich harten Griff. Kaum waren sie allein, verwandelte sich die Chefin von der Angreiferin zur Komplizin.

„Hören Sie! Wenn irgendjemand erfährt, dass Sie das von mir haben, bin ich ruiniert! Kapiert?“

„Kapiert!“

„Ich vertraue Ihnen! Galerie Rhode & Merck!“

Kaum hatte Piet genickt, war die Gottesanbeterin verschwunden. Zurück in die Küche, wo sie sich wieder in die beinharte Chefin verwandelte.

Piet hielt mit quietschenden Bremsen vor der Galerie. Mitten in der City neben dem Kunstverein und dem Theater zeigte das ausladende Schaufenster große Skulpturen aus Holz. Dazwischen lugten ein paar Gemälde von den hinteren Wänden hervor. Piet überkamen Zweifel. Hier sollten Menschen in Gummi und Leder-Outfits ein und aus spazieren? Aber wie wäre die Gottesanbeterin sonst auf diese Adresse gekommen? Von ihren Telefoneinheiten kaufte sie sicherlich keine Kunst.

Piet schloss sein Fahrrad an und betrat die Galerie. Sie wirkte wie alle Galerien – bis auf die Kunstwerke steril. Aus dem weißen Nichts tauchte eine hagere, schwarze Gestalt auf. Ein Mann, dessen Alter schwer zu schätzen war. Seine Haare waren so pechschwarz gefärbt, dass sie wie eine Perücke aus Kunsthaar wirkten. Seine Haut zeigte abgesehen von einer ungesunden Blässe kaum Alterungserscheinen, aber Haltung und Ausdruck waren die eines Mannes, der schon einiges mitgemacht hatte. Er nickte ein wortloses Willkommen und wollte Piet, diskret beobachtend natürlich, der Kunstbetrachtung überlassen.

„Ich komme weniger wegen der Kunst. Obwohl ich sagen muss, dass sie mich durchaus anspricht."
Der Hagere hob unmerklich eine Augenbraue.
„Ja, die Skulpturen funktionieren erstaunlich gut mit den Bildern."
Piet fragte sich wie etwas, das sich letztlich durch seine Funktionslosigkeit auszeichnete, funktionieren konnte, aber er wollte keine Wortklauberei anfangen.
„Sind Sie der Inhaber dieser Galerie?"
Der Hagere hob die zweite Augenbraue.
„Einer der beiden. Marius Merck."
Piet zückte seinen Ausweis.
„Ich bin hier, weil ich davon unterrichtet wurde, dass diese Galerie nicht nur ein Treffpunkt für Kunstliebhaber ist."
Der Hagere räusperte sich.
„Sondern?"
„Auch ein Treffpunkt für Anhänger des BDSM?"
Die Zeit schien still zu stehen. Für einen kurzen Moment waren Piet und Marius Merck nichts weiter als ein Teil der Ausstellung. Dann löste sich der Galerist aus seiner Starre.
„Darf ich fragen, woher Sie das haben?"
„Natürlich nicht. Aber an der Information als solcher scheinen Sie nicht zu zweifeln. Sehe ich das richtig?"
„Darf ich fragen, worum es Ihnen geht?"
Piet trat an den gläsernen Schreibtisch heran, neben dem der Hagere stand, legte das Phantombild von Natascha sowie das Foto mit dem Baron auf die Glasplatte und klärte den Galeristen auf.

Der betrachtete die beiden Darstellungen, als handelte es sich um die Arbeiten eines Künstlers, die er leider ablehnen musste.
„Das tut mir sehr leid!“
„Was genau?“
„Dass Natascha uns nicht mehr zur Verfügung steht! Sie war für jede Party die perfekte Ergänzung.“
„Weil sie Switch war und alle Varianten mitgespielt hat?“
Der Hagere betrachtete Piet interessiert. Plötzlich wusste Piet welche Frage als nächstes kommen musste.
„Kennen sie Lady Despina?“
Das Gesicht des Galeristen leuchtete auf.
„Eine wunderbare Frau!“
Piet antwortete ehrlicher, als er es wollte.
„Das finde ich auch!“
Der Hagere lächelte.
„Lassen Sie uns in die Privaträume gehen. Ich höre, wenn jemand hereinkommt. Möchten Sie etwas trinken?“
„Nein, danke. Obwohl…Wenn Sie ein Wasser hätten?“
„Natürlich!“
Als sie saßen, wurde Piet aufgefordert, noch mal seine Eintrittskarte vorzuweisen.
„Woher kennen Sie Lady Despina?“
Piet wusste, worauf der Hagere hinauswollte und gab seiner Antwort einen gewissen Unterton.
„Leider nur durch meine Ermittlungen, bis jetzt…“
Marius Merck lächelte verständnisvoll. Piet wedelte mit seinem Handy und zeigte ihm den Aufnahmemodus. Sein

Gegenüber runzelte die Stirn. Piet drückte bestimmt auf Aufnahme und legte das Gerät auf den Tisch. Der Hagere fügte sich.
„Mir wurde gesagt, Sie kennen den Baron?“
„Kennen wäre übertrieben.“
„Wissen Sie, wer sich hinter der Maske versteckt?“
„Ich bedaure.“
„Irgendwelche besonderen Kennzeichen? Irgendetwas, was Ihnen an ihm aufgefallen ist?“
„Der Mann ist Gummifetischist. Vollkommen in Latex!“
„Stimme? Haltung? Hände?“
„Er ist nicht besonders groß, aber das fällt bei seiner Ausstrahlung kaum auf. Ich habe das nur mal bemerkt, als ich direkt neben ihm stand. Ansonsten, schlank, nicht mehr jung, mittleres Alter, agil. Eher so jemand, der durch seine Persönlichkeit besticht, nicht durch Kraft oder ähnliches. Die Stimme… Er hat eine sehr angenehme Stimme. Sonor, aber nicht altväterlich. Und eine sehr präzise Aussprache.“
„Mit was für Partnerinnen spielt er?“
„Sie müssen klein sein, kleiner als er. Jung…“
„Wie sehen sie aus?“
„Uninteressant. Halt so junge, blonde Dinger.“
„Gepierct?“
„Jetzt, wo Sie es sagen… Ja, stimmt eigentlich.“
Piet verfluchte sich, dass er diese Aussage nicht durch eine neutralere Frageweise gewonnen hatte.
„Würden Sie uns das bitte zu Protokoll geben? Im Dezernat? Es würde auch nicht lange dauern.“
„Wenn es sein muss...“

„Sie betreiben die Galerie mit einem Partner?“
„Ja, mit meinem Partner.“
„Ist der auch an SM interessiert?“
„Er ist mein Meister, und wir richten die Partys gemeinsam aus.“
Piet nickte, als ob er ein Kuchenrezept erklärt bekäme.
„Und wo richten Sie Ihre Partys aus?“
„Das kann ich Ihnen gern zeigen, wenn Sie mögen!“
Merck war bereits dienstbeflissen aufgesprungen und Piet folgte ihm neugierig.
Der Galerist führte Piet in den Keller, öffnete eine der üblichen Feuerschutztüren aus grauem Metall und schaltete das Licht ein. Geschickt verteilte Strahler erhellten einen Raum, der genauso groß war, wie die darüberliegende Galerie, also gute 120 Quadratmeter. Auf dieser Fläche erstreckte sich eine Spielwiese, die keine Wünsche offenließ, soweit Piet das beurteilen konnte. So weiß die obere Etage war, so schwarz war es hier im Keller. Nur ein paar Sitzlandschaften setzten blutrote Akzente in dieser exklusiven Folterkammer.
„Das ist…bemerkenswert!“
„Vielen Dank! Wir fühlen uns hier auch sehr wohl. Dort hinten ist der Haupteingang für unsere Gäste.“
Merck wies auf eine große Tür, die am anderen Ende des Saales lag und lächelte Piet verschwörerisch an.
„Geht direkt raus zum Parkhaus. Wir haben ein eigenes Kellerdeck angemietet.“

Merck lächelte zufrieden. Piet war sichtlich beeindruckt. Das erklärte, warum der Treffpunkt in dieser exponierten Lage funktionierte.

„Wie oft veranstalten Sie hier Partys?“

„Einmal im Monat im großen Kreis, und unregelmäßig in kleineren Gruppen.“

„Der Baron ist regelmäßig dabei?“

„Bei den großen Empfängen, ja.“

„Und die Tote?“

„Die war so gut wie immer da, wenn wir sie brauchten.“

„Also oft?“

Der Galerist nickte.

„Dann bräuchten wir die Einladungslisten, Emails oder ähnliches. Natürlich behandeln wir Ihre Informationen streng vertraulich! Hier meine Karte. Bitte melden Sie sich bei uns für die Zeugenaussage, Herr Merck.“

Merck zögerte. Piet hatte sich von Anfang an gewundert, dass der Galerist so bereitwillig Auskunft gegeben hatte. An Katharina allein konnte das nicht liegen. Plötzlich wurde ihm der Mechanismus klar. Je bestimmter er auftrat, desto ergebener verhielt sich sein Gegenüber.

„Sie melden sich bitte umgehend!“

Merck nickte.

Piet verabschiedete sich aus dem sadomasochistischen Salon, blieb vor der Galerie auf dem Theater-Platz stehen und betrachtete die repräsentativen Häuserfronten. Sie sahen aus wie eh und je, aber niemals zuvor war Piet der Begriff ‚Fassade‘ so einleuchtend erschienen und so wahr.

8

Unaufhörlich strömten Tränen über ihre Wangen und tropften in ihren Ausschnitt. Schniefend wischte sie sich über ihr Gesicht, betrachtete die von Wimperntusche geschwärzten Finger und stöckelte fluchend auf ihren viel zu hohen Stiefeletten weiter. Trotz des Schmerzes, der sie ausfüllte, merkte sie, dass sie zu frösteln begann. Im Club hatte eine Mörderhitze geherrscht, ihr schweißnasses Top klebte jetzt noch an ihrem Rücken. Ihre Jacke hatte sie an der Garderobe vergessen. Sie wollte bloß weg da und zwar so schnell wie möglich!

Auf Toilette war eine irre lange Schlange gewesen und sie hatte ewig warten müssen. Schon als sie sich gehetzt durch das Partyvolk zur Tanzfläche zurück drängelte, hatte sie so ein komisches Gefühl gehabt. Und richtig. Als sie an den Rand der Tanzfläche stürmte, sah sie ihn. Mitten im scheiß Scheinwerferlicht, stand er mit dieser billigen Nutte und knutschte sie ab. Vor allen Augen! Und sie stand auch da, vor allen Augen, gedemütigt und allein.

Als er sie endlich bemerkte, war er richtig erschrocken, das falsche Arschloch, das! Er hatte die blöde Kuh sofort losgelassen und war zu ihr rübergekommen, aber sie hatte ihm bloß eine geknallt und war abgehauen. Der würde schon sehen, was er davon hatte! Zehn Minuten war sie weg gewesen! Fünf! Höchstens! Und er stieg gleich halb auf 'ne andere drauf! Arschloch, verficktes!

Sie hörte Schritte hinter sich. Den Schritten huschte ein Schatten voraus, der eine verzerrte Silhouette neben sie auf das nasse Pflaster warf. Ihr Herz schlug schneller. Vielleicht war er ihr hinterhergekommen. Mit ihrer Jacke. Und schlechtem Gewissen. Und der wahren Liebe... Der konnte etwas erleben!

Sie blieb an einer Fußgängerampel stehen, obwohl um diese Zeit weit und breit kein Auto zu sehen war, fuhr schnell noch mal unter ihren Augen entlang und versuchte die Wimperntusche an ihrem Lederminirock abzuwischen. Als sie sich ihren blonden Pony aus dem Gesicht pustete, sprach er sie an. Er hatte eine angenehme Stimme.

„Kann ich Ihnen helfen, junge Dame?"

Erstaunt stellte sie fest, dass der Unbekannte kaum größer war als sie selbst. Aber er hatte eine Ausstrahlung, die sie irgendwie beruhigte. Er brachte etwas Klares in die Nacht. Hätte sie einen größeren Wortschatz besessen, hätte sie ihn vielleicht als seriös oder distinguiert beschrieben.

„Ich…Ach, ich hatte Ärger mit meinem Freund."

Der Mann schüttelte in gespieltem Unverständnis den Kopf.

„Da weiß wohl jemand nicht, was er an Ihnen hat?"

Sie vergaß für einen Moment, dass es ihr lieber gewesen wäre, ihren Freund mit ihrer Jacke zu sehen. Der Mann lud sie ein. Auf ein Getränk, nur um sich aufzuwärmen. Dann würde er ihr ein Taxi rufen.

Klassische Musik schwebte durch den Raum. Das Adagio

Molto aus Antonin Dvoraks 1. Symphonie. Die herzzerreißenden Klänge der Streicher und Oboen spannen glühende Fäden durch die Luft, um Katharina zu streicheln und zu malträtieren. Dvorak hatte sie schon als Kind geliebt. Diese unbändige Lebenslust getragen von tiefer Melancholie, die durch seine Musik schwebte und sie immer daran erinnerte, wie sie sich unter freiem Himmel gefühlt hatte.

Katharina saß in ihrem Boudoir am Schminktisch und betrachtete sich im Spiegel. Wie nebenbei zog sie eine Visitenkarte aus der Handtasche, die neben ihr auf dem Tisch stand, und drehte sie in den Fingern: LKA, K33, Hauptkommissar Karl-Peter Szukay.

Seit über einer Woche hatte sie nichts von ihm gehört. Als er ihr Studio verließ, war sie so siegessicher gewesen. Sie hatte ihn genau dort gehabt, wo sie ihn haben wollte. Sie konnte jetzt noch seine Anspannung spüren. Wie ein Raubtier, bereit zum Sprung, hatte er ihr gegenübergesessen. Sie hatten geflirtet, gescherzt und sie hatte ihm einen Vorschlag gemacht, der ihr nur allzu gut gefallen hätte. Dieses Tier zu dressieren und wahnsinnig zu machen… Mit der flachen Hand schlug sie die Visitenkarte auf den Schminktisch. Wie hatte sie nur so dumm sein können! Dieser Mann war kein Sklave. Er hatte über ihren Vorschlag gelacht. Nicht mit ihr, sondern über sie. Da war sie sich jetzt ganz sicher. Mit jedem Tag mehr, an dem er sich nicht meldete, war ihre Selbstsicherheit dahin geschmolzen wie billiges Softeis in der Sonne. Katharina starrte in den

Spiegel, als wäre es die trübe Pfütze aus klebrigem Eis und nahm langsam ihre Perücke ab. Mit der anderen Hand fuhr sie sich über den rasierten Schädel. Die millimeterkurzen Härchen stachen in ihre Haut. Sie beugte sich vor und versuchte zu erkennen, was für eine Haarfarbe sie jetzt hatte. Als sie anfing sich die Haare zu rasieren, waren sie noch kupferrot gewesen. Nun sahen sie irgendwie anders aus, aber Katharina würde niemals wissen wie. Sie griff zum Rasierer. Nur so konnte sie sein, wer sie wollte. Anfangs hatte sie mit der Rasur das Mädchen ausgelöscht, das sie gewesen war. Doch nun war es ein Teil ihrer Persönlichkeit.

Er hatte ihre roten Haare geliebt. Meine kleine Wikingerin hatte er sie genannt. Hatte sie angespornt. Ob sie stundenlang im dunklen Keller sitzen musste, im Nachthemd auf dem winterlichen Balkon ausharrte, oder ihm die Hand ausrutschte. Solange sie keine Miene verzog, waren es liebevolle Schläge. Kontrolle in jeder Lebenslage. Das hatte er ihr beigebracht. Gefühle machten schwach. Schwache Kinder wollte er nicht. Sie war sechs oder sieben. Irgendwann hatte sie alles gemacht, was er wollte. Sie hatte gelernt keine Schmerzen und keine Angst mehr zu zeigen und sich vorzustellen, all das würde gerade einer anderen Person passieren. Und sie hatte sich geschworen keine Liebe mehr dafür zu erwarten.

Katharina wusste wie es ihren Sklaven ging, was sie bewegte und was sie fühlten, wenn sie zuschlug. Man musste immer unten anfangen, um wirklich gut zu werden.

Manchmal beschlich sie das Gefühl, dass ihr Vater doch noch gesiegt hatte. Aber nun war sie nicht mehr hinter Gittern, jetzt hatte sie die Schlüssel in der Hand.
Katharinas Smartphone vibrierte. Sie fuhr noch ein letztes Mal mit dem Rasierer über ihren Kopf, dann ging sie ran.
„Marius! Was kann für dich tun? Bitte? Wie kommst du denn darauf! Natürlich nicht! Willst du mich beleidigen? Als ob ich den Bullen mehr erzählen würde, als ich unbedingt muss! Ja, er ist ein hübscher Kerl, aber das ist noch lange kein Grund! Nein, ich habe keine Ahnung, woher er von eurem Salon weiß! Tu mir bitte einen Gefallen und frag mich das nie wieder! Sonst muss ich mir ernsthaft überlegen, ob ich euch noch mal besuche. Wirklich, Marius! So eine Frechheit! Na gut. Die eine Unverschämtheit lasse ich dir durchgehen. Aber dafür habe ich einen gut! Merk dir das, Merck! Ja, mach es gut. Grüß deinen Meister. Ja, ja, Ciao!"
Katharina legte auf und fuhr sich über den Schädel. Er war wieder weich und glatt.

Piet saß im Büro. Er hatte den Papierkram hinter sich gebracht und auf seinem Schreibtisch dampfte ein Instantkaffee vor sich hin. Das Büro war leer. Die Kollegen holten sich eine Mütze Schlaf. Er blätterte gedankenverloren im Strafgesetzbuch. Wie hilflos die in Paragraphen gegossenen Regeln auf einmal anmuteten. Während seiner Ausbildung hatte er sich an einen einfachen Satz gehalten: ‚Das Gute ist, dass das Böse im Gesetzbuch steht.' Aber so komplex die Gesetze waren, so wenig reichten sie an die menschliche Natur heran. Gut und Böse waren nicht wirklich zu trennen. Katharina hatte so Recht. Piet fühlte eine bleierne Müdigkeit in seinen Körper kriechen. Vielleicht war es auch das Gefühl der Sinnlosigkeit.

Das Telefon klingelte. Verwundert hob Piet ab.

„Szukay?“

„Hallo Herr Szukay, ich hoffe ich störe Sie nicht? Hier ist Marius Merck.“

Piet hatte sofort das hagere, blasse Gesicht unter den schwarz gefärbten Haaren vor Augen.

„Herr Merck?“

„Mir ist noch etwas eingefallen…“

„Sehr schön! Heraus damit!“

„Ich weiß nicht, ob es wichtig ist, aber ich denke schon…“

„Sie haben meine ganze Aufmerksamkeit!“

„Hm… Dann schlage ich vor, dass wir uns treffen.“

In Piet stieg Unwillen hoch. Warum konnte er ihm nicht einfach sagen, worum es ging?

„Sie wollen mir also etwas zeigen? Ansonsten könnten Sie mir doch schon mal jetzt einen Tipp geben!“

„Mir wäre es lieber persönlich.“

Piet knirschte mit den Zähnen.

„Wie wäre es morgen früh? Im Dezernat?“

„Wie wäre es jetzt?“

„Eben meinten Sie doch, es sei nicht so wichtig. Vielleicht könnte es bis morgen warten?“

„Wenn Sie meinen… Wobei, ich sehe gerade, morgen geht es nicht.“

Piet kochte. Dieser devote Wurm versuchte so offensichtlich ihn zu manipulieren, dass er am liebsten aufgelegt hätte. Aber Merck hatte den Trumpf in der Hand. Vielleicht war die Information tatsächlich wichtig.

„Wo?“

Piet merkte förmlich wie der Wurm sich vor Wonne wand.

„Club 32, in einer halben Stunde.“

Als Piet den Club betrat, winkte Merck ihm aus einer Seitennische entgegen. Piet hätte ihm nur allzu gern das selbstzufriedene Lächeln aus der Visage gefegt. Plötzlich wusste er, was Katharina mit ‚Geben und Nehmen‘ gemeint hatte. Die Oberhand hatten diejenigen, die nach ihren Wünschen behandelt wurden, nicht umgekehrt. Echte Devotion hatte Piet sich anders vorgestellt. Merck begrüßte ihn begeistert und tatsächlich etwas aufgeregt.

„Herr Szukay! Bitte nehmen Sie Platz!“

Piet setzte sich wortlos.

„Was möchten Sie trinken?“

„Nichts, danke.“

„Nun seien Sie kein Spielverderber!“

Merck winkte zum Barmann. Der mixte ohne weiteres zwei Drinks, die er ihnen servierte.

„Wodka Mule! Ich liebe es!“

Piet verzog das Gesicht und schob den Drink von sich.

„Vielen Dank, aber ich bin dienstlich hier!“

Über Mercks Gesicht huschte ein Schatten.

„Was haben Sie für mich?“

Merck zog demonstrativ beleidigt an seinem Strohhalm. Jetzt reichte es Piet.

„Ich bin wegen der versprochenen Informationen hier! Ihre Spielchen können Sie mit jemand anderem treiben!“
Der Ton schlug an. Merck verlor seine Überheblichkeit und maulte seine Antwort wie ein trotziges Kind
„Na ja, der Baron ist einer der besten Cutter der Szene.“
„Das verstehe ich nicht ganz?!“
Der Galerist straffte sich.
„Nun! Mein Mann ist selbst für seine hervorragenden Cuttings bekannt!“
Piet versuchte sein Unverständnis zu verbergen und einfach nur interessiert dreinzuschauen. Der Hagere zog seinen Ärmel hoch und zeigte Piet stolz, was er meinte. Seine Arme waren mit Narben übersät.
„Ihr Partner schneidet Ihnen ins Fleisch?“
„Und näht es natürlich hinterher!“
„Kann man dazu nicht auch in ein ganz normales Tattoo Studio gehen? Oder wie diese Bodymodifikationsläden heißen?“
Der Hagere verzog verächtlich sein Gesicht.
„Ja, aber mit Betäubung!“
Piet nickte. Natürlich gab es hier keine. Das war ja der Witz. Er versuchte sich auf die eigentliche Aussage zu konzentrieren.
„Und das kann der Baron auch sehr gut?“
„Ja! Er führt das gern bei uns im Salon vor!“
„Das heißt, er ist Arzt, Jäger oder Metzger? Irgendetwas, was ihn qualifiziert?“
Merck zuckte mit den Schultern.

„Das ist mein Mann ja auch nicht! Man guckt sich halt was von erfahrenen Cuttern ab. Und dann muss man es ausprobieren."
Der Galerist drehte seinen Unterarm.
„Hier! Da hatte er noch nicht so viel Erfahrung. Sie sehen genau, dass…"
Piet wollte die breite Zickzacknarbe auf keinen Fall eingehender studieren.
„Wie viele Cutter gibt es in der Szene?"
„Hier in der Stadt kenne ich nur zwei. Es kommen noch ein, zwei von außerhalb dazu."
„Gut! Dann brauche ich natürlich die Namen und Kontaktdaten!"
Merck senkte seinen Blick auf eine Art, die er für verführerisch hielt. Seine Hand kroch langsam zu Piet hinüber.
„Und was kriege ich dafür?"
„Ein paar junge Herren in Uniform, die Ihnen in Ihrer Galerie eine Aufwartung machen, wenn Sie sich nicht dazu bereit erklären, uns die Informationen zu überlassen. Stehen Sie doch drauf, oder?"
Merck fiel angesäuert in seine Bank zurück.
„Meine Güte! Sie sind wirklich ein Arschloch!"
„Korrekt! Eines, an das Sie auf diese Art nicht herankommen. Sie werden mir die Adressen schicken, sonst schicke ich jemanden!
Piet legte seine Karte auf den Tisch.
„Weiß ihr Meister eigentlich, was Sie hier treiben?"
Alles Pomadige wich aus Mercks Gesicht. Übrig blieb eine

entlarvte Zicke. Piet erhob sich.
„Vielen Dank im Voraus! Ich muss Sie ohnehin bitten, auch diese Aussage zu Protokoll zu geben. Die Einladung erfolgt ohne Personal, wenn sie brav sind! Schönen Abend noch!“
Merck schaute dem attraktiven Kommissar beleidigt hinterher. Der Barmann grinste hämisch in das Glas, welches er die ganze Zeit über unermüdlich poliert hatte.

Piet war an seine Grenzen gegangen und ließ sich zurückfallen. Ein Trainingspartner übernahm die Spitze, und Piet genoss es im Windschatten seiner Mitstreiter dahin zu segeln. So fühlte es sich an, wenn man ganz vorn gegen den Wind gefahren war und nun von der Erleichterung profitierte, die man gerade den Teamkollegen verschafft hatte.
Auch wenn bei den Jedermann-Rennen der CyClassics überwiegend Einzelkämpfer antraten, tat man sich für das Training und die Rennstrecke in lockeren Teams zusammen, um sich gegenseitig zu unterstützen. Es war das erste Training seit langem. Der Dauereinsatz für die MoKo hatte Piet schwer zurückgeworfen. In ruhigerem Fahrwasser tauchte der gestrige Abend wieder auf.
Piet waren die Gedanken durch den Kopf gewirbelt, als hätte jemand einen Laubbläser in seine Hirnwindungen gehalten. Was sollte ihm die Aussage von Merck bringen? Ein Sadist, der für seine ‚Schnittkünste‘ bekannt war, sollte Leichen hinterlassen, die keine einzige Wunde zeigten?

Höchst unwahrscheinlich. Andererseits, wenn die erste Tote, er nannte sie immer noch Céline, nur ein Unfall war, und an der zweiten Toten nichts mehr abzulesen war, konnte es doch möglich sein. Aber eine echte Eingrenzung für die Suche war es nicht. Zudem hatte Natascha Krause mit allem aus der Szene gespielt, was nicht bei drei die Finger von ihr gelassen hatte. Und die Tatsache, dass der Baron mit ihr auf einem Foto war, hatte vielleicht nicht die geringste Bedeutung. Aber hatte er eine andere Spur?

Kaum hatte er den Gedanken zu Ende gedacht, spürte er wie sein Handy vibrierte. Er ließ es in der Trikottasche auf seinem Rücken weiterkitzeln. Natürlich war es wichtig. Es war immer wichtig. Aber wenn er jetzt anhalten würde, würde er den Anschluss an sein Trainingsteam verlieren. Das nächste Etappenziel auf ihrer Trainingsstrecke kam in etwa zwanzig Minuten. So lange konnte alles warten. Vor allem die Toten.

Als sie an ein paar Holzbänken auf dem Deich Rast machten, sonderte Piet sich ab und rief zurück.

„Hallo Christian! Was gibt's?"

Piet lauschte angespannt.

„Was?! Das gibt's doch nicht… Ich komme!"

Piet legte entgeistert auf und teilte den anderen Radrennfahrern mit, dass er sein Training leider abbrechen musste.

9

Völlig verschwitzt und noch in Rennrad-Montur polterte Piet ins Büro.

„Das ist doch nicht euer Ernst?!"

Herbert stand gerade bei Christian am Tisch und drehte sich um.

„Ernster geht es nicht. In fünf Minuten ist Besprechung."

Herbert ließ Piet nervös zurück. Christian verzog bedauernd das Gesicht. Piet traf sein Bedauern wie eine Faust in den Magen. Die DNA der zweiten Leiche passte ebenfalls nicht zur DNA des vermuteten Opfers. Das hieß, sie waren die ganze Zeit vollkommen auf dem Holzweg gewesen. Weder Céline noch Natascha waren laut Labor die Toten. Sie hatten also kein einziges, brauchbares Ermittlungsergebnis. Er versuchte tief durchzuatmen, aber Selbstzweifel und Vorwürfe stiegen wie schwarzer, rußiger Rauch in seine Lungen. Um das erstickende Gefühl zu verscheuchen, drückte Piet die Türklinke zum Glaskasten heftig herunter und trat herausfordernd an den Besprechungstisch. Wie auf Kommando starrten ihn alle mit undurchdringlichen Gesichtern an. KTU und Vermisste waren nur jeweils mit einem Kollegen vertreten, dafür saß Marquardt mit am Tisch. Bevor Piet sich setzen konnte, ging der Pressesprecher ihn an.

„Herr Szukay! Auf Sie haben wir gewartet! Können Sie uns bitte erklären, warum wir die gesamte Ermittlung fast ausschließlich auf die Aussage einer Zeugin gestützt haben?"

„Die anderen Hinweise, die bei uns eingelaufen sind, waren nicht stichhaltig genug oder hatten sich sehr schnell zerschlagen. Meine Kollegen können das bestätigen."
Christian nickte eifrig. Die Kollegen waren da etwas verhaltener. Marquardt lächelte maliziös.
„Und wer war Ihre Hauptzeugin noch?"
Piet wusste genau, worauf der Presse-Fuzzi hinauswollte und fühlte, wie der schwarze Rauch durch sein Innerstes wirbelte.
„Katharina Jakob."
Marquardts Lippen kräuselten sich.
„Ihres Zeichens Domina…"
„Korrekt! Und?"
Schwiers dockte an.
„Nun! Es war doch von Anfang an recht unglaubwürdig, dass diese Zeugin gleich zwei Frauen in einer Zeichnung erkannt hat! Ohne, dass sie von uns wissen konnte, dass es tatsächlich zwei Opfer gab?"
„Das könnte genauso gut für die Richtigkeit ihrer Aussage sprechen! Wäre sie verwickelt, wäre so ein Hinweis doch eher verdächtig."
„Vielleicht wollte Ihnen die Zeugin genau das suggerieren?"
„Warum hätte sie das tun sollen?"
Die Schwiers schaute sich Beifall heischend um.
„In diesem Milieu gibt es ja wohl eindeutige Interessen! Vielleicht hat sie die jungen Frauen jemandem zugeführt und wollte eine falsche Fährte legen! Oder sie wollte einfach nur jemanden decken."

Piet hielt sich an der Tischkante fest, um der Schwiers nicht ins Gesicht zu springen.
„Meine liebe Frau Schwiers! Vorurteile helfen uns bei unseren Ermittlungen am wenigsten! Wir sprechen hier von der Nichte der Zeugin! Zu der sie augenscheinlich ein gutes Verhältnis hatte! Warum sollte Frau Jakob da lügen oder uns auf eine falsche Fährte locken? Und glauben Sie, dass sie dem Mörder ihre eigene Nichte zugeführt hat? Ich bitte Sie! Oder soll die Mutter des Opfers auch in diese Verschwörung verwickelt sein?"
Schwiers schnappte zurück.
„Sie vergessen eines! Das Opfer war laut Labor gar nicht die Nichte! Ich wundere mich sowieso, dass Sie eine Prostituierte, in deren Milieu Sie ermitteln, nicht gleich hierher zum Verhör gebracht haben!"
„Noch haben wir keinerlei Gründe Frau Jakob zu verhören. Sie wird befragt!"
„Gut, dass Sie das nicht machen, sondern Ihre Kollegen!"
Die schwarzen Wirbel in seinem Inneren flüsterten Piet zu, dass die Staatsanwältin absolut Recht hatte. Er versuchte das Ruder herumzureißen.
„Frau Jakobs Glaubwürdigkeit bleibt bis zur zweiten Befragung dahingestellt. Ich habe heute Morgen eine Aufnahme zur Protokollierung gegeben, die von einem Zeugen stammt, der den ‚Baron' mit dem Opfertypus in Verbindung bringt, den wir suchen. Die Spur ist also nicht vollkommen haltlos. Seine Gespielinnen sind jung, blond, gepierct und sie dürfen nicht zu groß sein! Das halte ich

unabhängig von allem anderen für interessant. Der Zeuge wird uns zudem eine Mailing-Liste überlassen, durch die wir höchstwahrscheinlich einen hervorragenden Einblick in die private SM-Szene bekommen. Und er hat eine mögliche Eingrenzung zur Suche nach dem Baron geliefert, die…"

Herbert hob sachte seine Hand. Er hatte bis jetzt nur auf seinen Kugelschreiber gestarrt, den er langsam in seinen Händen hin- und hergedreht hatte. Piet hielt inne.

„Das wird von uns bearbeitet werden. Andererseits brauchen wir jetzt einen frischen Blick! Wir müssen die Fälle noch mal ganz neu aufrollen."

Marquardt beugte sich mit gefalteten Händen nach vorn. In dieser Haltung hatten die Hände weniger etwas von einem Betenden, als von jemandem, der mit seinem Golfschläger ausholen und zuschlagen wollte.

„Wir werden jetzt das tun, was wir von Anfang an hätten tun sollen! Wir gehen mit beiden Toten zur Identifizierung noch mal an die Öffentlichkeit. Mit beiden! Die Idee offiziell nur nach einem Opfer zu fahnden, war Humbug."

Piet spürte wie die Schwärze heiß in seinen Hals schoss und versuchte, noch vor dem Öffnen des Mundes, sie in kalten Zorn zu verwandeln.

„Sie waren doch genauso dafür!"

„Da hatten wir ja auch ihre ‚seriöse' Zeugenaussage noch nicht, die in einer Zeichnung gleich zwei Tote erkannt hat!"

Auf dem Gesicht der Staatsanwältin und der Bonbonhose

breitete sich triumphierende Befriedigung aus. Plötzlich war Piet alles egal. Er schlug mit der Faust auf die Tischplatte, dass die Mineralwasserflaschen in der Mitte gefährlich klirrten.
„Ach ja? Und wieso packen Sie Ihre Vorurteile erst jetzt auf den Tisch? Wieso hat hier keiner vorher den Mund aufgemacht? Habe ich hier alleine ermittelt oder was?!"
Die Schwiers lächelte eisig.
„Nein, aber Sie hatten die Leitung der Ermittlung, haben sich auf die Aussage der Prostituierten blind verlassen und die Ermittlung in die jetzige Sackgasse gelenkt."
Piet wollte über den Tisch hechten, um die Schwiers zu erwürgen. Zumindest sah er so aus und Herbert schritt ein.
„Szukay! Setz dich endlich hin!"
„Ich setze mich nicht zu illoyalen Ignoranten, die einen Sündenbock suchen!"
Piet drehte sich auf dem Absatz um, riss die Tür fast aus den Angeln und preschte davon. Bedauernd sah Herbert in die Runde.
„Tatsächlich gab es keine eindeutigeren Hinweise als die der bisherigen Hauptzeugin, Frau Jakob. Zum Glück sind wir jetzt genug Kollegen, dass die letzten Hinweise von jemand anderem verfolgt werden können. Wie gesagt: Wir brauchen einen frischen Blick. Herr Möller! Mit Ihnen haben wir diesen Blick! Würden Sie bitte die Fallakten noch mal durchgehen und mit Christian, ich meine Herrn Brinkmann, die Befragung von Frau Jakob durchführen?"
Möller strahlte.
„Natürlich!"

Piet hatte sich in eine Klokabine eingeschlossen und kam sich vor wie ein dummer Pennäler. Trotzdem war es der einzige Ort, an dem ihn keiner stören konnte. Langsam wich seine Wut und machte Platz für Angst. Er atmete so lange tief ein und aus, bis die weißen Trennwände etwas von seiner Schwärze absorbiert hatten. Er musste mit Herbert reden. Wenn er die Ermittlungsleitung abgeben sollte, würde er nicht murren, sondern ein Einsehen haben. Er würde die Bonbonhose ignorieren, seiner Arbeit nachgehen, sich nur noch auf das Offenkundige konzentrieren und gut! Marquardt und Schwiers waren von jeher seine Feinde, weil sie genau merkten, dass er sie nicht ernst nahm. Zumindest bis jetzt nicht… Hatte er sich wirklich dermaßen blenden lassen? Glauben konnte er es immer noch nicht. Er musste zugeben, dass das erste Opfer noch nicht mal mit der Vermisstenanzeige übereinstimmte. Aber was hätte Katharina Jakob davon, ihm falsche Informationen unterzujubeln? Sich zu melden, wenn es keine Spuren gab? Handelte sie mit Mädchen? Aber welche Rolle spielte dann die Mutter des vermeintlichen Opfers? Das war alles ungereimter Quatsch! Vor allem, weil die zweite Spur plausibel erschien. Allerdings passte das mit den Cuttings auch nicht wirklich. Piet ging im Kopf noch mal alle Gespräche mit Katharina durch und fand nichts in ihren Reaktionen, was er als unecht empfand. Aber Katharina Jakob war die erste Frau, der erste Mensch, in dem er nicht lesen konnte wie in einem offenen Buch. Bisher hatten ihn seine Menschenkenntnis und seine Beobachtungsgabe nie im Stich gelassen.

Und was hatte er bei ihr gemacht? Auf ihren verdammten Nacken gestiert, damit er nicht in Ohnmacht fiel, und sie ins Dezernat zur Aussage ‚gebeten'.
Scham überzog Piet wie eine zweite Haut. Sie war ihm überlegen. Katharina Jakob war ihm überlegen. Aber nicht aus Gründen, die er anführen konnte. Er hasste sie dafür. Er hasste sich dafür. Er schaute auf die Uhr. Die Dienstbesprechung war vorbei. Piet erhob sich schwerfällig und verließ die weiße Kabine, um seinen Gang nach Canossa anzutreten.
Christian fuhr aufgeregt herum, als Piet eintrat.
„Wo warst du denn zum Teufel?"
„Abkühlen."
„Herbert ist stinksauer!"
„Jepp!"
„Du sollst sofort zu ihm!"
„Jepp!"

Piet klopfte an Herberts Tür und wartete diesmal ab, bis er hereingerufen wurde.
Herbert kaute ein Leberwurstbrot mit sauren Gurken und wies Piet mit einer knappen Geste an Platz zu nehmen. Unbehaglich setzte er sich. Herbert schluckte einen zermalmten Bissen herunter, half mit der Zunge an einem hinteren Zahn nach und schaute Piet herausfordernd an.
„Kannst du mir mal eines verraten?!"
„Wenn du mir sagst, was?"
„Wieso du so emotional reagierst! Nur an Marquardt und Schwiers wird das ja wohl nicht liegen!"

Piet hatte mit Fragen zu dem Fall und seiner Untersuchung gerechnet und konnte nicht sofort antworten.
„Die Ermittlungen sind komplett normal verlaufen. Du hast eine Spur verfolgt, die wir hatten. Die checken wir jetzt gegen. Alles ganz normal! Aber du hast das Vertrauen des Teams nicht mehr und zwar zu Recht!"
„Wieso zu Recht?!"
„Weil du voreingenommen bist!"
„Es war die einzige brauchbare Aussage!"
„Und deswegen flippst du so aus, wenn die Aussage in Frage gestellt wird? Wo ist denn deine Professionalität?"
„Schwiers und Marquardt haben mich provoziert und…"
„Und was?!"
Piet schwieg. Herbert pfefferte den Rest seiner Leberwurst-Stulle auf den Teller zurück.
„Wenn du so emotional wirst, sobald es sich um die Zeugin dreht, werde ich ja wohl misstrauisch sein dürfen! Du bist nicht mit dem Kopf bei der Sache, sondern mit den Eiern!"
Der Hieb saß und gleichzeitig fühlte Piet sich ungerecht behandelt.
„Damit hat das überhaupt nichts zu tun!"
„Wenn es damit nichts zu tun hat, dann bist du ernsthaft in die Hauptzeugin verknallt!"
Piet schwieg getroffen. Herbert seufzte und wechselte den Ton.
„Das kann passieren. Das ist nicht das Schlimmste. Das Schlimmste ist, dass du nicht in der Lage bist mir das zu

sagen! Das musst du erkennen und dich vom Fall abziehen lassen, Mann! Und da du es nicht tust, muss ich es tun."
„Dann will ich beurlaubt werden!"
„Wie bitte?! Uns geht hier der Arsch auf Grundeis und du willst dich verdrücken, um dein waidwundes Herz zu salben? Sag mal spinnst du?!"
Piet wusste, dass es ein Fehler war. Das alles war ein riesiger Fehler.
„Ich werde Sonderurlaub beantragen."
Herbert ging in die Luft.
„Du hast überhaupt kein Recht auf Sonderurlaub! Oder ist jemand bei dir gestorben? Vielleicht der Piet, den ich gekannt habe?"
Piets Faust sauste direkt vor Herberts Händen auf den Tisch.
„Ich klappe jetzt keinen anderen Aktendeckel auf und lass das Bonbonhöschen an meinen Fall!"
Herbert lehnte sich ehrlich erschüttert zurück.
„Und dich wollte ich zur Beförderung vorschlagen! Ich bin auch ein Hornochse! Bei dem, was ich dir schon alles hab durchgehen lassen…Du kannst in den Urlaub, und zwar in den Zwangsurlaub! Da kannst du noch mal über deine Dienstverweigerung nachdenken! Wir kommen auch ohne dich zurecht!"
Der letzte Satz war ein weiterer Hieb in Piets lädierte Magengrube. Eine spöttische Maske legte sich über sein Gesicht. Er stand auf und ging ohne ein Wort, ohne einen letzten Blick.

Kaum hatte Piet Herberts Bürotür hinter sich geschlossen, fing er an zu rennen. Sinnlos, kopflos, wie aufgezogen. Er stoppte erst draußen vor dem Haupteingang des Dezernats.
Ein Jaguar fuhr auf den Parkplatz und hielt neben dem Eingang. Bevor Piet kapierte, dass die Frau mit dem blonden Pagenkopf Katharina war, war es schon zu spät. Sie stieg aus und sah ihn an, als wäre sie nur gekommen, um ihm persönlich eine schallende Ohrfeige zu geben. Dann senkte Katharina ihren Blick und kam mit schnellen Schritten auf den Eingang zu. Sie war ungewöhnlich blass. Ihre Augen wirkten noch größer als sonst. Ihr Blick war voll Enttäuschung und Zorn. Piets Hass verflüchtigte sich sofort.
„Frau Jakob! Sie sind zur Befragung hier?"
„Das wissen Sie nicht?"
„Doch. Natürlich. Die Befragung wird von Kollegen vorgenommen, insofern…"
„Wird Ihnen genauso wenig getraut wie mir?"
„Ja. Nein. Ich bin nicht mehr für Sie zuständig."
„Ich verstehe."
„Das hoffe ich!"
„Die Hoffnung stirbt zuletzt."
Mit diesen Worten ließ sie ihn stehen. Sie schritt auf die Eingangstür zu, als wäre sie auf dem Weg zu einer ungewollten Thronbesteigung. Piet konnte an ihrer kerzengeraden Haltung und ihrem verhaltenen Schritt ablesen, welche Mühe ihr der Weg machte. Seine Haut war nur noch eine

millimeterdünne Hülle, die mühsam versuchte ein explosives Gemisch aus unerträglichen Gefühlen unter Verschluss zu halten. Diese Frau hatte ihn nicht angelogen. Er hatte sie enttäuscht. Genauso wie er Herbert enttäuscht hatte. Warum konnte er nur dann alles richtig machen, wenn die Menschen ihm nichts bedeuteten?

Als Katharina im Gebäude verschwunden war, schnappte er sich sein Rennrad und warf sich in den Verkehr. Er schoss zwischen fahrenden Autos hindurch, raste bei Rot über Ampelkreuzungen, überholte schmusende Pärchen auf Rollern, Familienkutschen mit pastellfarbenen Namensaufklebern, Handwerkerbusse und Lieferwagen. Ständig schnitt er irgendjemandem die Vorfahrt. Er hörte das Hupen, das Bremsen, es war ihm egal. Nur weiter, nur in Bewegung bleiben, nur weg.

Als er aus der Enge des lauten Verkehrs endlich auf eine ruhige Strecke entlang des Flusses einbog, konnte er seine Gedanken wieder hören. Wieso stimmte der verdammte DNA-Abgleich nicht? Piet überkam der Gedanke zum rechtsmedizinischen Institut zu fahren und nachzuhaken, aber seit langem packte ihn erstmals wieder eine Verunsicherung, in der sich alles Logische als vollkommenes Hirngespinst anfühlte.

Piet hatte noch nie einen Fehler gemacht. Noch nie. Fehler kamen in seiner Laufbahn nicht vor. Und jetzt war er quasi suspendiert. Weil sie ihn lächerlich gemacht hatte! Und dann noch dieser Vorschlag ihren Sklaven zu markieren! Er spürte ein Brennen in der Brust.

Er musste an den rußigen Rauch in seinen Lungen denken und an die Angst, die er gehabt hatte wirklich zu ersticken. Aber dieses Gefühl in seiner Brust fühlte sich anders an.

Der erste Aquavit floss brennend seine Kehle herunter und löschte den inneren Brandherd. Homöopathisches Prinzip nannte Corni das. Gleiches mit Gleichem bekämpfen. Das war eines der Prinzipien, die Piet wirklich konsequent fand.
Er saß auf der erhöhten Bank am kurzen Ende der Theke, seinem Stammplatz. Von dort aus hatte er einen Überblick über die ganze Kneipe. So lange er hier saß, war alles in Ordnung. Er durfte sich nur nicht vom Fleck rühren. Niemals. Sobald er ausgetrunken hatte, stellte Corni ein neues Gedeck hin. Am frühen Nachmittag war die Kneipe noch leer. Nur Theo saß auf seinem Platz neben der Jukebox, arbeitete akribisch die gesamte Tagespresse durch und brachte sich nebenbei auf Pegel. Theo war einst ein angesehener Journalist, bevor ihn sein Alkoholkonsum aus den Redaktionen geschwemmt hatte. Aber er war immer auf dem neuesten Stand und wusste es besser als die aktiven Kollegen, die natürlich immer schlechter recherchiert hatten als er. Bei einbrechender Dämmerung fing er mit der Verbreitung der neuesten Verschwörungstheorien an, die er hieb- und stichfest belegen konnte, wenn ihn nur irgendjemand ließ.
Die Theke teilte sich Piet meistens mit Rocky und Qualle. Rocky hatte seinen Spitznamen Sylvester Stallone zu ver-

danken. Auch Rocky hatte in der linken, unteren Gesichtshälfte eine Lähmung, die ihn bereits nüchtern ziemlich nuscheln ließ. Genauso wie bei seinem berühmten Vorbild war das einem Fehler des Geburtshelfers anzulasten. Rocky rühmte sich gern damit, dass er die letzte Zangengeburt der Stadt gewesen war. Nachdem die Ärzte ihn gesehen hatten, hätten sie die Zange aus den Geburtsstationen verbannt.
Auch Qualle machte seinem Namen alle Ehre. Er war ein riesiges Stück aufgedunsenes Fleisch, weil er nur zwischen Barhocker und Fernsehsessel hin- und herpendelte. Zudem trank er alles, was Alkohol klebrig machte. Mixgetränke und Liköre waren sein Liebstes. Qualle war eine wandelnde Witze-Enzyklopädie und einer der Wenigen, der sie tatsächlich gut erzählen konnte. Das machte ihn an der Theke oft unentbehrlich.
Nach und nach trudelten die anderen Gäste ein. Vergnügungssüchtige, Einsame, Liebespärchen. Piet schaute zu, wie die Akteure der Nacht an ihm vorbeizogen und wunderte sich darüber, wie viel Verbundenheit sie ausstrahlten. Die Welt war eine Bühne, aber in der Garderobe wartete auf jeden die Einsamkeit.
Ein Blondschopf mit rosiger Haut, der etwas von einem zu groß geratenen Ferkel hatte, spielte sich beim Darts vor jedem Wurf so auf, als ginge es um die Champions League. An der gegenüberliegenden Seite der Theke saßen zwei Gefährtinnen auf der Suche nach einem Mann fürs Leben.

Die Erzählerin der beiden blickte sich immer wieder aufmerksamkeitsheischend um, ob auch jemand anderes sie wahrnahm als nur die ergebene Freundin. Ihr Anblick war unerträglich. Unsicher, affektiert, verzweifelt. Schade, dass sie so auch ihrer sympathischen Freundin jede Chance verdarb. Am Fenster hatte eine Gruppe Studenten Platz genommen. Noch jung, hatten sie schon ein altväterliches Gebaren, das ihnen später am Honoratioren-Stammtisch gut zu Gesicht stehen würden. Wahrscheinlich studierten sie Jura, Betriebswirtschaft oder Medizin. Irgendetwas Wichtiges für die Gesellschaft, das meistens sehr langweilige Menschen hervorbrachte.

Piet hoffte mit jedem Schluck das Gefühl des Versagens und des Überdrusses wegzuspülen.

Er versuchte sich von außen zu betrachten, und ließ es sofort wieder sein. Ein ehemaliger Punk, der einen auf Kriminalbeamten machte. Ein Sportler, der nur trainierte, um nicht zu saufen. Ein Typ, der auf sein Aussehen schiss und es doch überall einsetzte, wo es ging. Gab es etwas Lächerlicheres? Piet trank so lange bis er endlich nicht mehr denken konnte. Dann zahlte er seine Zeche und ging.

Draußen erwartete ihn klare Luft und die nächste Katastrophe. An dem Parkverbotsschild, an dem er sein Rad angeschlossen hatte, baumelte nur noch das aufgebrochene Fahrradschloss. Sein geliebtes 80er-Jahre-Rennrad war weg. Das war sein allererstes Rennrad gewesen. Piet brüllte durch die Nacht. Es war nur ein Laut, kein Wort.

Ein vorbeischlenderndes Liebespärchen drehte sich erschrocken um und ging dann schnell weiter. Piet brüllte noch mal aus Leibeskräften, wegen des Fahrrads, wegen des Pärchens, wegen allem. In seinen Tränen verschleierten Blick rückte ein gelbes Rechteck. Er winkte, als wolle er das Taxi verscheuchen, aber es hielt an und Piet ließ sich auf die hintere Sitzbank fallen.
Bunte Lichter zischten im geschwungenen Viereck der Autoscheibe an ihm vorbei. Piet kniff seine Augen zusammen bis die Lichter zu einem verschwommenen Strom wurden, in dem er sich dahintreiben ließ. Der Taxifahrer blickte immer wieder in den Rückspiegel. Piet nahm nur seine Bewegungen wahr, aber er wusste, dass der Fahrer sich fragte, was seinen Gast mit dem abgelegenen Fahrtziel verband. Es wurde zusehends dunkler. Als sie hielten, erleuchtete nur noch eine traurige, alte Straßenlampe den Schotter, der die Fläche zwischen abgewrackten Autos, zwei alten Containern und einer niedrigen Häuserreihe beleuchtete, die man aus unerfindlichen Gründen auf diesem Blechfriedhof hatte stehen lassen.
Piet puhlte irgendeinen Schein aus seiner Hosentasche. Als der Taxifahrer ihm das Wechselgeld geben wollte, war er schon aus dem Wagen getaumelt und hatte die Tür hinter sich zugeschlagen. Piet wartete bis das Taxi gewendet hatte und ihn endlich allein ließ. Dann straffte er sich, so gut es ging, und wankte auf die Häuserreihe zu. Am Ende, etwas nach hinten versetzt, lag eine Betonbaracke, auf deren Flachdach ein Schild vor sich hin leuchtete: MC Outlaws.

Nicht die Hell's Angels, nicht die Bandidos, aber auch noch nicht verboten. Die Fenster waren dunkel. Piet pflanzte sich vor dem Vereinsheim auf und fing an zu brüllen. Niemand reagierte. Keine Tür öffnete sich. Keiner der Schränke in Kutte kam mit geballter Faust heraus. Piet starrte auf den Schotter. Reifenspuren, die dort einen dunklen Kreis beschrieben, erinnerten ihn an das letzte Mal. Er nahm noch einmal all seine Kraft zusammen.

„Ihr verdammten Versager! Arschkrampen, verfluchte! Kommt raus!"

Doch er blieb allein. Es war niemand da, gegen den er kämpfen konnte. Es war niemand da, gegen den es keine Hoffnung gab. Es war niemand da, der ihn zusammenschlug, weil er es verdient hatte. Es war niemand da, der seinen Schmerz durch noch mehr Schmerz erträglich machte.

10

Alles war leise. Früher Mittag. Nur das schwerfällige Ticken der alten Pendeluhr untermalte ihre Blicke.

Die alte Frau saß aufrecht in ihrem Rollstuhl. Über ihre Knie hatte sie ein leichtes Cashmere-Plaid gelegt, an ihren Ohrläppchen funkelten lange, altmodische Ohrgehänge, die den Haarfestiger-Glanz ihrer silbergrauen Haare noch unterstrichen. Sie war trotz ihres Alters und ihrer Gebrechlichkeit eine herrschaftliche Erscheinung. Vor allem, weil sie an nichts um sich herum so interessiert schien, wie an sich selbst. Sie musterte ihre Besucherin und fand, ganz entgegen ihrer allgemeinen Erwartung, Gefallen an dem, was sie sah.

Die junge Frau wirkte zerbrechlich, fast mager. Auf zarten Schultern, von denen sich die Schlüsselbeine sichtbar absetzten, saß ein Kopf, der im Verhältnis zum Körper ein wenig zu groß erschien. Das Gesicht wurde von langen, hellblonden Haaren eingefasst, die ihm etwas Engelhaftes gaben. Nur der Gesichtsausdruck passte nicht zur zarten Erscheinung. Die hellblauen Augen hatten etwas Erbarmungsloses. Nicht, dass sie kein Gefühl zeigten, vielmehr waren sie von einer so klaren Entschlossenheit, dass man davon beeindruckt sein musste. Die junge Frau hatte etwas von einem kleinen, nackten Vogel, der aus dem Nest gefallen war und nicht aus Glück, sondern durch reine Willenskraft überlebt hatte.

„Kann ich Ihnen etwas anbieten?“

Die Dame im Rollstuhl winkte kurz in Richtung des Teetischchens, auf dem eine silberne Kanne und zwei Tassen bereitstanden. Das Vögelchen winkte ebenso kurz ab.
„Danke!“
„Sie interessieren sich also für mein Anwesen.“
„Richtig! Ein sehr schönes Objekt! Sehr schön gelegen!“
„Etwas abseits, finden Sie nicht?“
Das Vögelchen schüttelte seinen Kopf.
„Wir suchen die Ruhe!“
„Wir? Sie und Ihr Mann?“
Ein Lächeln huschte über das Gesicht der jungen Frau. Es hatte etwas Geschmeicheltes und zugleich etwas Amüsiertes.
„Der Mann meines Lebens, richtig.“
Nun lächelte die alte Dame spöttisch.
„Haben Sie Kinder?“
„Nein!“
Das Nein kam so entschieden, dass die alte Dame das erste Mal herzlich lächelte. Das Vögelchen wagte eine Gegenfrage.
„Und Sie? Gibt es keine Erben?“
Das Gesicht der alten Frau verschloss sich wieder.
„Ich lebe noch!“
Für ein, zwei Pendelschläge saßen die beiden Frauen sich schweigend gegenüber.
„Sie sind nicht die Ersten, die sich für mein Haus interessieren. Allerdings sind Sie die Ersten, die mit dem Preis einverstanden sind. Viele sind an dem umliegenden Land nicht interessiert...“

Das Vögelchen hob sein Kinn, faltete die Hände und brachte eine Erklärung, auf die sie sich vorbereitet zu haben schien.
„Nun! Mein Partner jagt gerne. Das dazugehörige Land, besonders das Waldstück, sind ideal für uns."
„Sie jagen auch?"
Ein undurchdringliches Lächeln.
„Ich sammle eher."
„Pilze?"
„Auch!"
Der Blick der alten Dame ging aus dem Fenster.
„Das ist das Einzige, was ich manchmal vermisse. Die Natur."
Das Vögelchen schaute sich um.
„Aber Sie haben es doch außergewöhnlich schön hier! Der Park der Seniorenresidenz ist wirklich eine wunderbare Anlage!"
Die Dame nickte einverstanden.
„Ihre Selbstauskunft liegt uns ja bereits vor. Die genauen Modalitäten klären Sie bitte mit meinem Notar! Ich denke, die Villa wird bei Ihnen in guten Händen sein."
Die junge Frau unterdrückte den Impuls aufzuspringen. Sie rutschte nur wie eine aufgeregte Schülerin an den vorderen Rand ihres Stuhles, fing sich, nickte und stand langsam auf, um der Dame zum Abschied dankend und bekräftigend die Hand zu geben.
Als das Vögelchen verschwunden war, starrte die alte Frau auf die zwei Teetassen und versank wieder in ihrer eigenen Welt.

„Hast du ihn erreicht?"
Christian schüttelte unglücklich den Kopf.
„Falls du etwas von Piet hörst, gibst du mir sofort Bescheid! Klaro?"
„Klaro!"
Herbert nickte und ging in sein Büro. Christian sah ihm nach und seufzte. Jetzt war die Maschinerie angeschmissen. Marquardt saß gerade in der Pressekonferenz und brachte den Journalisten bei, dass sie bei der Fahndung zur Identifizierung einer Toten keinen Erfolg gehabt hatten. Stattdessen war noch eine zweite Tote aufgetaucht, die der ersten in Statur und äußeren Merkmalen zum Verwechseln ähnelte, und von der man auch noch keine Identität hatte. Was die Presse daraus machen würde, war klar: Serienmord, Doppelmord, die Polizei unfähig, taktierend, hilflos. Die Öffentlichkeit wurde abermals um Mithilfe gebeten. Sie würden von Anrufen überschwemmt werden, aus denen man wieder mühsam die Wichtigtuer, die einsamen Kontaktsucher und die totalen Spinner herausfiltern musste, um ein, zwei brauchbare Hinweise zu bekommen. Und das Ermittlungs-Team, das immer noch unterbesetzt war, hatte keinen Leiter mehr, weil der meinte, dass er abhauen konnte, wann er wollte.
Herbert war aufgebracht. Zu Recht. Auf ihn würde alles zurückfallen, was schief lief. Christian hoffte, dass Piet sich bald eines Besseren besann. Solche Sackgassen in der Ermittlung waren vollkommen normal. Aber das war es nicht allein. Piet hatte sich verändert. Vielleicht war er ausge-

brannt, vielleicht lag es auch an etwas anderem. Christian konnte sich nicht konzentrieren, schob seine Maus hin- und her und dachte an die zurückliegende Befragung der Hauptzeugin.

Eigentlich hatten Thorben und er Frau Jakob in die Zange nehmen wollen. Christian, wie es ihm am besten stand, sollte einfühlend befragen, und Thorben würde sich an die Fakten halten. Gerade von der Akademie runter und hochehrgeizig, hatte er die neuesten Vernehmungsmethoden inhaliert. Doch mit dem Eintreten dieser ‚Lady', anders konnte Christian die elegante, charismatische Frau tatsächlich nicht beschreiben, zerbröselten ihre Pläne wie altes Pergament. Nicht sie hatten die Fragen gestellt, sondern Katharina Jakob.

„Herr Szukay arbeitet jetzt nicht mehr an dem Fall?

„Richtig! Setzen Sie sich doch bitte, Frau Jakob!"

„Ich lege erst meinen Mantel ab, wenn Sie gestatten! Darf ich fragen, seit wann und warum Herr Szukay nicht mehr mit dem Fall betraut ist?"

Thorben versuchte die Oberhand zu gewinnen.

„Nein, das dürfen Sie leider nicht. Und es ist auch nicht so, als ob Herr Szukay allein an dem Fall gearbeitet hätte."

„Das habe ich auch nie postuliert. Es wundert mich nur, dass ihm der Fall scheinbar entzogen wurde. Deswegen diese Befragung hier?"

„Das ist Routine. Würden Sie bitte Platz nehmen?"

„Mache ich Sie nervös?"

„Äh… Nein!"

Christian erinnerte sich an seine Rolle.
„Möchten Sie einen Kaffee?“
„Nein, danke!“
Kaum hatte sie sich hingesetzt, schilderte Katharina Jakob den gesamten Verlauf der Interviews und den Hergang der Ereignisse so detailliert, dass eigentlich kaum Fragen offenblieben. Thorben versuchte nachzuhaken, aber entweder ertappte sie ihn bei einer Unterstellung oder bei einer unsachlichen Frage. Nach ihrer Erklärung verwies sie für weitere Fragen auf ihren Anwalt und war bereits wieder aufgestanden, bevor Thorben oder er irgendetwas dazu hatten sagen können. Wenigstens Thorben erinnerte sich noch an das Wichtigste.
„Halten Sie sich bitte zu unserer Verfügung!“
„Ist das eine Bitte oder ein Befehl?“
„Eher letzteres.“
„Bekomme ich das schriftlich?“
„Gern.“
„Und an wen wende ich mich jetzt, damit meine Nichte endlich gefunden wird?“
„Die Kollegen vom Dezernat für vermisste Personen werden sich bei Ihnen melden, sobald sie etwas wissen.“
Katharina Jakob zog sich in aller Ruhe ihren Mantel an, ohne auch nur eine Sekunde ihre Augen von Thorben zu lassen, den sie mit einem so mitleidig verächtlichen Blick fixierte, dass er sichtbar einige Zentimeter auf seinem Stuhl zusammenschrumpfte.
Als Katharina Jakob gegangen war, versuchten sie zu be-

greifen, was ihnen soeben widerfahren war. Thorben Möller saß da, als würde er über einen schweren Verweis seiner Klassenlehrerin nachgrübeln, und Christian begann Piet langsam zu verstehen.
„Klaro“, murmelte Christian zu sich selbst, als sich die Maus unter seiner Hand auf einmal wie von selbst bewegte, um das Protokoll von Katharina Jakobs Befragung heimlich an Piet weiterzuleiten.

Piet wachte mit einem klammen Gefühl auf. Morgentau sah wunderschön aus, fühlte sich aber beschissen an, und der Morgen war lange vorbei. Unter Schmerzen richtete er sich auf. Seitdem die Sitze an den Bushaltestellen ergonomisch gestaltet wurden, konnte man überhaupt nicht mehr darauf pennen. Die Plastikwulste um die Sitzmulden drückten beim Liegen erbarmungslos ins Fleisch. Kein Wunder, dass Penner nur noch auf Pappen hausten.
Piet blinzelte auf den Fahrplan der gottverlassenen Endstation, zu der er es gestern noch geschafft hatte. Auf dem Plan waren sage und schreibe sechs Abfahrtszeiten verzeichnet. In einer halben Stunde würde der nächste Bus kommen. Er würde einfach so weit fahren wie sein letztes Klimpergeld reichte. Oder weiter. Piet rieb sich den Kopf. Verkatert, total verbeult und abgebrannt am Arsch der Welt. Ihn beschlich ein altbekanntes Gefühl. Diese wohlige Wärme, die den Erfrierenden kurz vor seinem Kältetod beschlich. Ich armes Opfer! Du böse Welt! Sieh mich an! Seht wie ungerecht ihr seid! Und ich weiß es! Denn ich bin

im Recht, weil ich leide! Früher hätte er weitergemacht, sich Geld geschnorrt und irgendwo ein paar Dosen Billigbier geschossen.
Wie ein zotteliger Hund schüttelte er sein Selbstmitleid ab. Er musste wieder trainieren. Das war es, worum es jetzt ging. Wenn er sich ranhielt, konnte er es noch schaffen.

„Ich will, ich will, ich will…. Besser sie ist tot! Ich, ich, ich…“
Das ‚kann nicht mehr‘ ging in Sabines Schluchzen unter. Sabine schrie mehr, als dass sie weinte. Der Schmerz schüttelte sie so sehr, dass Katharina nur versuchen konnte, das Bündel Elend so gut festzuhalten, dass es nicht vor ihren Augen auseinanderbrach. Sie wiegte ihre Schwägerin wie ein Baby. Mehr konnte sie nicht tun. Wenn Céline noch am Leben wäre, hätte sie sich gemeldet. Ihr war einiges zuzutrauen, aber das hätte sie ihrer Mutter niemals angetan. Niemals.
Sabine ertränkte den Kummer, indem sie ihren Likörvorrat plünderte. Katharina blieb bei schwarzem Kaffee und dachte an das letzte Gespräch mit Piet. Das Raubtier hatte sich in einen gequälten Jungen verwandelt.
Zwischen einem Rest Amaretto und einem neu geöffneten Eierlikör stellte Sabine ihrer Schwägerin auf einmal eine Frage.
„Sag mal? Weißt du eigentlich, dass euer Land verkauft ist?“

Katharinas Magen zog sich zusammen. Unwillkürlich griff sie nach dem Eierlikör und schenkte sich auch ein Glas ein.

„Wie? Verkauft?"

„Ich weiß das ja auch nur von Gisela. Ihr Mann hat seine Felder bei euch hinter der Villa. Und da gab es wohl noch so ein Stück Land, ein Wäldchen oder so, das zu euch gehört hat. Das ist jetzt neu umzäunt, und ab und an steht da ein Auto mit einem Kennzeichen aus der Stadt. Ich meine, kann ja auch verpachtet sein… Aber ich würde mal fragen. Ist schließlich auch dein Erbe!"

Nachdem Katharina ihre betrunkene Schwägerin ins Bett gebracht hatte, fuhr sie im Schritttempo zu der Kreuzung, an der sie nach links in die Stadt oder nach rechts in ihre Vergangenheit abbiegen konnte. Langsam zog Katharina das Lenkrad nach rechts.

Als sie in die alte Allee mit Blick auf die Familienvilla einbog, zog sie das mächtige Gebäude an wie ein riesiger, bleigrauer Magnet. Sie konnte sich nicht dagegen wehren, ihre Kindheit schwärte in ihren Gedärmen wie eine einzige große Wunde.

Sie hielt vor dem Landgut an und wünschte sich, sie hätte Sabines Liköre zur Hand, nur um ihm zu trotzen. Sie starrte auf das Haupthaus mit der ausladenden Freitreppe und hörte ihn brüllen. Dieses Geschrei, das ganz tief unten in seinem Brustkorb anfing und irgendwann zu einer singenden Kreissäge wurde, die einem durch Herz, Kopf und

Knochen schnitt. Dieses Brüllen ihres Vaters würde sie niemals loswerden. Es war immer wieder so, als stünde er vor ihr. Ihre Mutter war nichts als ein verwässerter Schatten. Sie hatte nur in ihren Alkoholräuschen existiert, in die sie ihren Bruder mitgenommen hatte. Gernot war die Kreation ihrer Mutter, sie die ihres Vaters.
Katharina fuhr rechts an dem Grundstück vorbei auf einen Feldweg, der zu dem Wäldchen führte, das wie eine Insel inmitten der Äcker lag.
Als sie ausstieg, umwehte sie Landluft und große Wehmut. Hier hatte sie oft gespielt, um sich zu verstecken, um allein zu sein, um in eine andere Welt zu fliehen. Hinter dem ovalen Gürtel aus Tannen, Eichen und Buchen lag eine Lichtung. Wie durch die Hecke zu Dornröschens Zauberschloss gab es nur einen Zugang. Vor diesem prangte jetzt ein neues Tor mit einem dezenten Hinweisschild: ‚Privat'.
Katharina bebte vor Zorn. Ihre Lichtung, ihr kleines Heiligtum, abgesperrt von Fremden mit einem Hinweis, der nur ihr zugestanden hätte!
Mit zitternden Fingern wählte sie Gerrys Nummer und ließ es so lange klingeln, bis er endlich ran ging.
„Schwesterherz!"
Trotz der schleppenden Aussprache klang seine Stimme triumphierend. Er wusste genau, warum Katharina anrief. Was ihr sonst immer gelang, Hilflosigkeit und Wut in Verachtung und kalten Zorn zu verwandeln, war bei ihrem Bruder unmöglich. Sie musste nur seine Stimme hören und schon floss statt des Blutes, das dicker sein sollte als Was-

ser, Strom durch ihre Adern.
„Was hast du mit der Waldlichtung gemacht?! Verpachtet oder verkauft?"
„Ich?! Schwesterherz! Ich habe gar nichts gemacht. Aber der Preis war gut!"
Katharina konnte hören, dass ihr Bruder grinste.
„Wie könnt ihr es wagen, aus dem Erbe Geld zu schlagen, ohne mich vorher zu fragen?!!"
„Als ob dich der Schuppen und der Acker all die Jahre auch nur einen Funken interessiert hätten!"
„Was? Die Villa auch?!"
„Ja, Villa und Grundstück, sowie dein geliebtes Wäldchen. Alles wurde verkauft."
Katharina wusste genau, was passiert war. Gerry hatte seine Mutter angebettelt, und die hatte für ihr verkommenes Lieblingssöhnchen schon mal das Erbe verhökert, damit sie ihm vorher alles in den Rachen schieben konnte. Für Katharina würde nichts übrigbleiben. Aber darum ging es nicht. Darum war es nie gegangen. So wie es in ihrer Familie nie um Liebe gegangen war.
„Und an wen?"
„Keine Ahnung. Frag Mutter. Sonst noch was?!"
„Zur Hölle, nein!"
„Wisst ihr was über Céline?"
Katharina stutzte. Die Frage nach seiner Tochter war ungewöhnlich. Sie ertappte sich dabei milder gestimmt zu werden, aber genau das durfte sie jetzt nicht zulassen.
„Nein! Nichts Neues! Gar nichts!"

Katharina legte auf. Sie hätte gern geweint. Aber es ging nicht. Ihr Hass war zu groß. Sie überlegte, ob sie zu ihrer Mutter in die Seniorenresidenz fahren sollte, um ihr eine Szene zu machen. Aber es würde nicht helfen. Niemandem.

Sie sah ihre Mutter genau vor sich, aufrecht im Rollstuhl mit herablassendem Blick. Katharina hatte nie ergründen können, ob es Eifersucht oder blankes Desinteresse war, das ihre Mutter für sie empfand. Früh an einen Tyrannen verheiratet, hatte sie sich in ihr Schicksal ergeben und das Beste daraus gemacht, indem sie sich in Alkohol flüchtete und das letzte bisschen Liebe ihrem Bruder Gerry geschenkt hatte. Obgleich ihr Vater grausam handelte, hatte sie bei ihm immer Gefühle gesehen. Bei ihrer Mutter sah sie nichts außer ein verwöhntes, egoistisches Kind, das lieber andere leiden ließ als selbst zu leiden. Nach dem Tod ihres Vaters hatte Katharina ihrer Mutter unzählige Briefe geschrieben. Briefe der Trauer, Briefe der Wut und der Verzweiflung. Briefe, die nicht mehr um Liebe baten, nur darum verstehen zu können. Sie hatte nie eine Antwort erhalten. Warum sollte sie jetzt eine bekommen? Es gab einfach keine.

11

Getragene Orgelmusik erfüllte einen Kellerraum. Er betrachtete sie andächtig wie ein bedeutendes Kunstwerk.
„Sieh dich an! Wenn du dich nur mit meinen Augen sehen könntest. Wie schön du jetzt bist! Was warst du schon vorher? Ein Nichts! Und ist es nicht das Schlimmste zu denken, man sei eine von vielen? Was fürchten wir wirklich? Den Tod? Sicherlich, aber er ist nicht vorstellbar. Auch wenn du, mein Kind, nun in seine unmittelbare Nähe gerückt bist."
Seine schwarzen Latex-Hände glitten über ihre weiße Haut.
„Nach Einsamkeit, Krankheit und Tod ist es doch die Bedeutungslosigkeit, die wir am meisten fürchten. Hier gewesen zu sein, ohne eine Spur zu hinterlassen. Vollkommen gleichgültig zu sein. Nur grasendes Vieh auf einer Weide aus Zerstreuung und dem Wiederkäuen des ewig Gleichen. Aber das kann dir jetzt nicht mehr passieren!"
Er liebkoste ihre Wange und ließ seine Finger sachte zu ihrer Kehle gleiten.
„Du wirst gleich etwas sehen, spüren, erfahren, das dich von all den anderen unterscheiden wird! Dich emporheben wird! Und wenn es soweit ist, werde ich dir folgen."
Er legte sich auf sie und umfasste ihre Kehle.
„Hmm…Deine Tränen schmecken warm, süß und salzig zugleich."

Langsam drückten seine Hände zu. Ihre Augen weiteten sich.
„Ja, sieh mich an! Zeig mir, wohin du gehst! Zeig es mir!“
Ihr Kampf dauerte nur wenige Minuten. Ihr ersticktes Stöhnen mischte sich mit seinem. Er wünschte, es hätte mit ihr noch etwas länger gedauert. Für ihn. Er blieb noch ein wenig bei ihr liegen.
Dann stand er auf, durchschnitt ihre Fesseln und überlegte, was er von ihr behalten wollte.

Es waren nur noch wenige Tage bis zu den CyClassics in Hamburg. Nachdem er aufgehört hatte professionell zu trainieren, trieb Piet nicht mehr derselbe Ehrgeiz wie früher. Aber wenn er schon beim Jedermann-Rennen und nicht mehr in der Elite startete, wollte er wenigstens unter den Ersten sein. Piet breitete sein Werkzeug vor sich aus. Er erneuerte den Zahnkranz und die Kette. Wenn man die Kette zu kurz vor dem Rennen wechselte, riskierte man, dass sie sprang. Sie musste sich erst einlaufen.
Piet war seit einem Monat suspendiert und hatte sich vollkommen auf sein Training konzentriert. Jeden Tag hatte er nach einem ausgeklügelten Trainingsplan Krafttraining und Strecke gemacht, und dazu eine ausgewogene Diät eingehalten. Jetzt, wenige Tage vor dem Start, fuhr er das Training zurück, um seine Kräfte zu sammeln. Den Streckenverlauf der Tour hatte er längst im Kopf. Er kannte jede Kurve, jede Steigung. Immer, wenn er an den Fall oder an Katharina denken musste, holte er sich die Strecke vor sein

geistiges Auge und ging sie akribisch durch. In dieser Hinsicht war er so gut vorbereitet wie noch nie in seinem Leben.
Nur ganz kurz vor dem Einschlafen holten ihn Schuldgefühle und Scham ein. Die Schuld konnte er sich eingestehen. Er hatte versagt. Er hatte Fehler gemacht und sich unsouverän verhalten. Die Scham darüber war schlimmer. Sie stieg immer wieder brennend in ihm hoch, und gegen das Brennen konnte er jetzt keine Homöopathie à la Corni einsetzen. Er musste trocken bleiben.
Piet wischte sich die ölverschmierten Hände etwas ab und drehte die Pedale. Die Kette schnurrte, die Spannung stimmte fast auf Anhieb. Ein gutes Omen. Piet stellte nur die Gangschaltung etwas nach.

Für August war die Luft ungewöhnlich klar, als hätte vor kurzem ein Gewitter für Abkühlung gesorgt, doch der Himmel war gleichbleibend blau. Die Wolken trieben gemächlich dahin und die Veranstalter der CyClassics konnten sich über perfektes Wetter freuen.
Die Innenstadt rund um die Alster war abgesperrt. Man kam den letzten Kilometer nur zu Fuß weiter und Katharina beglückwünschte sich, dass sie ausnahmsweise Sneaker angezogen hatte. Sie fühlte sich seltsam wohl, so vollkommen inkognito unter lauter Menschen, die dasselbe Ziel hatten. Entspannt, ausgelassen oder aufgeregt strebte die Menge zur Rennstrecke und Katharina war ein Teil von ihnen. Sie hätte jederzeit jemanden ansprechen können.

Das gemeinsame Interesse schuf automatisch Nähe. Normalerweise hasste Katharina Massenveranstaltungen. Normalerweise wäre sie aber auch niemals hergekommen.
Die Menschenmenge wurde dichter. Katharina versuchte durch das Gedränge an die Absperrung zu kommen. Als sie tatsächlich einen Platz ganz vorn an der Rennstrecke ergattert hatte, kam sie sich plötzlich wieder genauso dumm vor wie in dem Moment, als sie in den Zug gestiegen war. Was sie hier tat, war vollkommen sinnlos. Niemand durfte jemals erfahren, dass sie sich wie ein kopfloser Teenager verhielt.
Ihre Gedanken wurden von den ersten Radrennfahrern unterbrochen, die um die Kurve bogen. Das schnurrende Sirren der Fahrradketten, das vibrierende Geräusch der Reifen auf dem Asphalt, das aufgeregte Schnattern der Zuschauer, der aufbrandende Applaus, die Rufe, wenn die Radrennfahrer vorbei sausten, all das war absolut mitreißend. Katharinas Herz raste im Takt der rotierenden Pedale mit. Da! War er das? Sie starrte auf die tief über den Lenker gebogenen Körper. Die glatten, muskulösen Schenkel. Waden wie aus Hartholz geschnitzt. Sie hatte nicht gedacht, dass die Fahrer solch ein wahnwitziges Tempo draufhatten. Und schon war er vorbei – wenn er es gewesen war. Sie wollte, dass er es gewesen war. Sie starrte auf den nächsten Pulk, der heranrauschte. Aber vielleicht hatte sie sich geirrt? Sicher hatte sie das. Jetzt war er dabei! Ganz sicher! Und schon war der nächste Schwarm vorbei-

gesaust. Katharina blieb, bis das Rennen zu Ende war. Eingezwängt in der Masse, unter tausenden von Menschen, und doch allein.

Piet saß auf seinem Sofa und starrte an die gegenüberliegende Wand. Er hatte bei den CyClassics den zehnten Platz unter den Amateuren gemacht. Gemessen an seiner Vorbereitung und 21.000 Teilnehmern war das Ergebnis absolut herausragend. Doch nach jedem Hoch folgte das Tief. Mit zunehmendem Alter flachte die ureigene Berg- und Talbahn zwar ab, da man im Tief bereits wusste, dass es endlich war. Aber eine Brücke von Gipfel zu Gipfel, geschweige denn die sagenumwobene Balance, die hatte er bis heute nicht gefunden. Sein Leben lang war er an keinem Ort zufrieden gewesen. Nur der Übergang, die Bewegung von einem Zustand zum nächsten war auszuhalten. Glück empfand er in den Momenten, in denen ihm klar wurde, wie viel besser es ihm im Vergleich zu früher ging. Trotzdem blieb der ewige Kampf, den seine Rationalität mit seiner Emotionalität ausfocht, und warf ihn immer wieder aus der Bahn. Die Vernunft konnte einen retten, doch auf Dauer war sie mühsam und unheimlich langweilig. Wer wollte schon vernünftig sein, wenn alles in einem danach schrie sich zu spüren?
Piets Handy vibrierte. Er schaute zu, wie es einen kleinen Tanz auf der Tischplatte hinlegte. Es war Betty. Zum gefühlt hundertsten Mal. Piet wusste wie ungerecht er war, doch je öfter sie anrief, desto mehr hasste er sie dafür, dass

sie nicht Katharina war. Er hatte alles versucht, um die Gedanken an sie, sein Scheitern und auch an Herbert zu verdrängen. Aber das Training war vorbei. Kaum hatte das Handy ausgetanzt, kam eine SMS. Seufzend griff Piet nach dem Handy. Vielleicht fiel ihm eine unverfängliche Antwort ein. Doch die SMS war von Christian.
‚Hab im Jakob-Fall einen Verdacht. Können wir uns treffen?'
Der Jakob-Fall. Besser hätte es Christian für Piet nicht auf den Punkt bringen können. Piet simste sofort zurück: ‚Heute Abend bei mir?'
Das OK kam ebenso prompt.

Piet hatte Kaffee aufgesetzt und Christians Lieblingskekse bereitgestellt. Es klingelte. Christian war wie immer pünktlich.
„Hey! Komm rein, Kekse warten schon!"
„Ich habe keinen Hunger. Bier wäre gut."
Christian folgte Piet in die Küche und setzte sich auf einen Hocker an die kurze Küchentheke, wo Piet meistens im Stehen etwas aß oder auf die Schnelle seinen Morgenkaffee trank.
„Du siehst, sagen wir mal, besorgt aus. Nur der Fall?"
„Nur ist gut!"
Piet stellte die Biere auf den Tisch und setzte sich Christian gegenüber.
„Schieß los!"
„Die Schwiers hat uns noch zwei solche Nasen wie Möller

vorgesetzt. Wissen alles besser, haben aber kein Fünkchen Erfahrung. Geschweige denn, dass die mit Leuten reden können! Die drehen sich nur um sich selbst und ihr auswendig gelerntes Wissen. Herbert ist mittlerweile total entnervt."

Piet kratzte mit seinem Fingernagel bedrückt an der Manschette des Flaschenhalses herum. Christian hielt ihm auffordernd sein Bier hin. Sie stießen an.

„Du könntest uns helfen... Also, mir!"

„Okay! Was ist los?"

Christian packte eine Mappe auf den Tisch.

„Guck dir die mal an."

Piet blätterte die Seiten durch. Auf jeder Seite war eine Vermisste mit Foto und Beschreibung zu sehen. Alle waren blond, kleiner als 1,70 und keine Vermisste war älter als siebzehn. Im Gegenteil, die Mädchen wurden bei jedem Umblättern jünger. Die meisten von ihnen waren gepierct.

„Ach du Scheiße! Du willst mir nicht sagen, dass das die Nachfolgerinnen vom doppelten Lottchen sind?!"

Christian zuckte ratlos mit den Schultern, wobei er gleichzeitig bestätigend seufzte.

„Ich befürchte es. Als die Kollegen von der Vermissten mir die reingereicht haben, hatte ich sofort ein beschissenes Gefühl. Ich bin noch mal das ganze System durchgegangen. Vor unserer ersten Leiche gab es kaum ähnliche Opfertypen. Also, Frauen bei denen alle Eigenschaften zusammentrafen. Aber nach unseren beiden Toten haben wir auf einmal diese Häufung. All diese Mädchen sind in

unserem Einzugsgebiet verschwunden. Sechs junge Frauen innerhalb von drei Monaten. Das ist doch kein Zufall!"
„Du meinst, er ist tatsächlich in Serie gegangen und wir haben die Leichen bloß noch nicht gefunden?"
„Sollte man zumindest nachgehen."
„Und?!"
„Ja, nix und! Keine Toten, also kein Fall für die MoKo! So einfach ist das."
Piet starrte auf die sechs Kopien, von dem ihm junge, fröhliche, trotzige oder verlegene Gesichter entgegenblickten, die Geschwister hätten sein können.
„Was ist mit der Email-Liste vom Galeristen?"
„Ein Dutzend konnten wir ermitteln, alle anderen haben ihre Spuren im Netz besser verwischt. Bei den Befragungen hat sich allerdings nichts ergeben. Den Baron kannten einige, aber zur Privatperson konnte auch keiner etwas sagen."
„Und wieso habt ihr euch nicht zu einer der SM-Partys eingeladen?"
„Wie das denn? Wir haben doch immer noch nichts in der Hand! Nichts, außer die Aussage deiner Domina!"
Piet zuckte ärgerlich zusammen.
„Sie ist nicht meine Domina!"
Christian lächelte kurz.
„Du weißt, was ich meine. Wir haben keinen einzigen Fortschritt gemacht. Die beiden Leichen sind nicht definitiv identifiziert. Die Schwiers hat keinerlei Grundlage uns weiter in der SM-Szene ermitteln zu lassen."

Piet lehnte sich erschüttert zurück.
„Mein Gott! Der erste Leichenfund ist fast ein halbes Jahr her!"
Christian nickte erschlagen.
„Wem sagst du das!"
„Ich hatte doch noch die Aussage, dass der Täter gut in Cuttings ist!"
„Dann hätte er doch auch bei den Opfern eine Klinge benutzt, oder?"
Piet nickte und nahm einen tiefen Schluck. Christian tat es ihm gleich. Dann schauten sie sich an. Piet wusste, was Christian von ihm wollte. Aber er fragte sicherheitshalber nach.
„Und was kann ich deiner Meinung nach tun?"
„Du hattest einen Zugang zur Szene. Wenn du noch an deine Theorie glaubst, nutze ihn!"
„Katharina Jakob ist nicht besonders gut auf mich zu sprechen."
„Na und? Herbert ist auch noch stinksauer. Das heißt aber nicht, dass du für ihn gestorben bist. Und wenn dein „Sonderurlaub" für irgendetwas gut ist, dann dafür, dass du da weitermachst, wo wir aufhören müssen."
Piet musste schmunzeln. Christian wirkte harmlos, aber er wusste genau, was er sagen musste, um zu kriegen, was er wollte. Genau das hatte ihn bei Vernehmungen immer zu einem wertvollen Partner gemacht.
„Ich melde mich bei ihr."
„Versprochen?"
„Versprochen!"

Piet fing leise an zu stöhnen. Er durfte nicht weiter pumpen. Doch die Gewichte hoben und senkten sich, als ob sie es wären, die ihm seine Armbewegungen diktierten. Die Erschöpfung war sein Freund und die Macht, die er über seinen Körper hatte, gab ihm ein sicheres Gefühl. Piet hielt inne und betrachte in der Spiegelwand verstohlen die verzerrten Gesichter der anderen Trainierenden – es war Schmerz, der reine, selbstauferlegte Schmerz. Aber es machte einen stolz, wenn man ihn besiegte. Der Satz hätte auch jedem Sklaven gut zu Gesicht gestanden… Allerdings war es ein Unterschied, ob man sich einem anderen Menschen auslieferte, oder ob man seine Qualen selbst bestimmte.

Piet wischte sich mit seinem Handtuch über das schweißnasse Gesicht. Im Dunkel des Handtuchs blitzte ihr Bild auf. Er fluchte innerlich. Wenn er jetzt zu ihr ging, kam er wirklich als Bittsteller. Trotzdem musste er mit ihr reden. Es bedeutete schließlich noch lange nicht, dass er sich auf ihren Vorschlag einließ. Andererseits war es seine einzige Chance. Er würde sich bei ihr melden. Für Christian, für den Fall und für sich.

Piet stand auf und legte wider besseren Wissens ein weiteres Gewicht auf den hinteren Zug.

12

Katharina saß in einer altehrwürdigen Konditorei, die wie eine kleinere Ausgabe eines Wiener Caféhauses anmutete. Sie wunderte sich, dass sie noch nie hier gewesen war und musste sich eingestehen, warum sie so selten ausging: In ihrem Leben gab es keinerlei Beziehungen außerhalb ihrer Arbeit. Sie bestellte sich noch einen Café Crème und fing an zu warten. Fünfzehn Minuten ließ sie ihm durchgehen, doch die waren gleich vorbei. Sie merkte, wie Unsicherheit in ihr hochkroch. Sie war sonst diejenige, die warten ließ. Gerade als sie anfing darüber zu spekulieren, ob er damit eine Absicht verfolgte, öffnete sich in der altmodischen Glasfront des Cafés die Eingangstür.

Zwischen die runden Tische mit Platzdeckchen, an denen alte Damen leicht gebeugt über ihren Porzellantassen saßen, passte seine Silhouette ungefähr so, wie ein aufgerichteter Eisbär zwischen eine Trachtengruppe aus dem Schwarzwald. Seine breiten Schultern schienen Schatten auf die Tische zu werfen, seine schmalen Hüften schoben sich elegant an den weitaus voluminöseren Kaffeetrinkerinnen vorbei. Katharina atmete reflexartig ein, um schnell auszuatmen, bevor er an ihren Tisch trat. Seine blaugrauen Augen strahlten sie mit berührender Ernsthaftigkeit an. Sie unterdrückte sämtliche Impulse, die sich in ihr regten, und wies so majestätisch wie möglich auf den Platz zu ihrer Rechten.

„Danke.“

Mehr sagte er nicht. Er setzte sich auf die halbrunde Polsterbank und besah die Tischplatte, als ob er überlegte, wie er fortfahren könnte. Katharina wusste nicht, wo sie ihre Hände lassen sollte und schob ihm die Menükarte zu. Er nickte und lächelte plötzlich amüsiert.

„Nochmal danke!"

Katharina lächelte befreit zurück.

„Nicht doch! Sie müssen aufholen! Ich bin schon bei meiner zweiten Tasse Kaffee!"

„Die Verspätung tut mir leid."

„Wirklich?"

Piet hielt kurz inne und sah sie erstaunt an.

„Sie haben Recht! Vielleicht wollte ich nicht als Erster hier sein. Wie fühlt es sich an, wenn man warten gelassen wird?"

„So wie es sich anfühlen sollte! Danke für die Erfahrung. Immer gut zu wissen, wie es der anderen Seite geht…"

„Freut mich, dass ich Ihnen damit helfen konnte!"

Sie lächelten sich voller Erleichterung an. Nun waren sie wieder bei dem Ton, der ihre ersten Gespräche so leicht gemacht hatte. Die Serviererin kam und Piet bestellte einen Filterkaffee. Katharina lehnte sich nach vorn.

„Vielleicht kann ich Ihnen bei Ihrer Arbeit auch helfen?"

Piet antwortete sofort. Er wollte es aussprechen, bevor sie es tat, und er wollte die Bedingungen diktieren.

„Das können Sie. Ich bin über die Idee ihren Sklaven zu spielen natürlich nicht glücklich…"

Katharina versuchte ihre freudige Überraschung zu verbergen.

„Aber?“
„Aber es ist die schnellste Möglichkeit, an eine Spur zu kommen.“
„Das heißt, es gibt keine neue?“
„Nein. Und das seit Monaten.“
Katharina sah Piet forschend an.
„Warum melden Sie sich jetzt erst bei mir?“
Piet war in diesem Moment dankbar für die Ablenkung durch die Serviererin. Sie stellte die Tasse Kaffee vor ihm ab und fragte, ob er noch etwas wünschte. Piet schüttelte den Kopf. Als die Serviererin abdrehte, nahm er einen Schluck und behielt ihn ein wenig im Mund, als wolle er aus dem Geschmack des Kaffees das passendste Argument für Katharina herausfiltern.
„Ich wurde wegen ‚unseres Falles‘ beurlaubt und das, was ich hier mache, ist gegen alle Regeln.“
Katharina war sichtlich betreten und Piet merkte, dass er diesen Moment ein wenig genoss. Er setzte ein möglichst dienstliches Gesicht auf.
„Nachdem der DNA-Abgleich auch beim zweiten Opfer keinen Treffer gebracht hat, mussten wir davon ausgehen, dass Ihre Aussage falsch war.“
Katharina runzelte ungläubig die Stirn.
„Wenn das stimmt und Sie meine Aussage für falsch halten, was machen wir dann hier?“
„Ich sehe Ihrerseits immer noch kein logisches Motiv dafür, mich auf eine falsche Fährte zu locken.“
Katharina nickte einverstanden.

„Gut! Ich habe tatsächlich kein anderes Motiv, als die Qualen meiner Schwägerin abzukürzen. Und die meinen."
Piet atmete erleichtert durch.
„Außerdem weiß ich seit kurzem, dass weitere Frauen verschwunden sind, die in das Profil passen!"
Katharinas Augen weiteten sich entsetzt, dann wurde ihr Blick entschlossen.
„Ich verstehe! Wie gehen wir also vor?"
Piet rückte etwas an Katharina heran.
„Ich denke, zuerst sollten wir ein Outfit finden, in das ich hineinpasse, und dann werde ich Ihnen eine Liste mit Bedingungen schicken, die für unser Spiel gelten sollten."
„Mit Freuden!"
„Ich glaube nicht. Viel werde ich nicht zulassen."
Katharina neigte ihren Kopf in unnachahmlich reizender Weise.
„Wir werden ja sehen!"
Über ihre gefüllten Tassen und Teller äugten einige der älteren Damen teils gestört, teils wehmütig zu dem ungleichen Paar, das verschwörerisch die Köpfe zusammensteckte. Ein rotbrauner Pagenkopf, bei dem jedes Haar sich so benahm, wie es seine Herrin wollte, und ein zerzaust blondgrauer Schopf, der an Wind und Wellen erinnerte, teilten Gedanken, die nur für sie bestimmt waren.

Piet stellte sich vor, dass er eine enge Motorradmontur trug. Nichts weiter, als eine etwas andere Motorradmontur. Er mochte es nur äußerst ungern zugeben, aber das Ge-

fühl, das die Latexhaut vermittelte, hatte etwas Schützendes. Sie hielt ihn zusammen, und es war gar nicht so unangenehm jede kleinste Regung des Körpers durch das Material beantwortet zu bekommen.
Als Piet dieses Mal an dem großen, schmiedeeisernen Tor geklingelt und gewartet hatte, bis Katharina den Summer betätigte, hatte es sich anders angefühlt. Das Betreten ihres Studios hatte die Gefühle noch verstärkt, die er niemals vor Katharina zugegeben hätte. Piet war nervös, ängstlich und gleichzeitig erwartungsvoll. Es waren Empfindungen, die ihn um Jahre zurückwarfen. In eine Zeit, in der selbst ernannte Autoritäten über einen bestimmen konnten, und man diese Autoritäten, seien es Lehrer oder die Eltern, noch nicht angezweifelt hatte. Piet ahnte, dass schon allein diese emotionale Zeitreise einer der Gründe war, warum sich erwachsene Männer, zumeist große Autoritäten, in die Hände von dominanten Frauen begaben. Ob diese Gefühle unbedingt ein Genuss waren, konnte Piet noch nicht abschließend beurteilen.
Katharina empfing ihn in einer schwarzen Leder-Korsage und einem langen Lederrock, der seitlich geschlitzt war. Sie sah atemberaubend aus. Eine Kriegerin, eine Göttin. Um sich nicht allzu beeindruckt zu zeigen, nickte Piet nur anerkennend. Ganz so, als ob sich die Ehefrau endlich mal eine nette Überraschung zur Unterbrechung des Ehealltags ausgedacht hätte. Katharinas Lächeln sagte ihm, dass sie seine bemühte Herablassung sofort durchschaut hatte. Bevor er zu ihr in den Salon durfte, musste er sich frisch

machen und den bereitgelegten Latex-Overall anziehen. Obwohl er von innen mit Talkum bepudert war, bereitete Piet schon diese erste Aufgabe einige Mühe, und er begann das gesamte Unterfangen zu verwünschen. Wohlwollend führte Katharina ihn dann in den ‚roten Salon', den Piet noch nicht kannte. Dieser Raum war großzügiger als der kleine, blaue Salon und T-förmig. Öffnete man die Tür lief man direkt auf ein großes Folterkreuz zu, das in der hinteren Nische stand. Rechts davon öffnete sich der Weg zu einem Podest, auf dem ein Prügelbock und ein Käfig standen. Der Käfig war an einem Zug befestigt, so dass man ihn in die Höhe ziehen konnte. Wie der Name des Salons besagte, herrschte hier die Farbe Rot vor. Eine Wand war verspiegelt, so dass man versuchen konnte, sich in seinem Leid wiederzuerkennen. Während der blaue Salon eher etwas Intimes ausstrahlte, kam dieser Raum einer herrschaftlichen Folterkammer gleich.
Katharinas Augen funkelten, als sie ihm nun eine Gesichtsmaske hinhielt. Piet zog sich die enge Maske langsam über den Kopf. Sie hatte nur zwei winzige Öffnungen für die Nase sowie einen Reißverschluss für den Mund, der noch nicht geschlossen war. Katharina hatte die Maske ebenfalls innen leicht mit Talkum bepudert.
„Riecht wie früher in der Turnhalle."
„Für den frechen Kommentar gehört dir dein Schandmaul gestopft!"
Mit Katharinas erstem Satz war jede Förmlichkeit verschwunden. Piet war wie vor den Kopf geschlagen, weil er

merkte, dass er sich tatsächlich auf Anhieb degradiert fühlte. Katharina kontrollierte, ob die Nasenlöcher korrekt saßen und zog den Reißverschluss über Piets Mund zu. Sofort schnellte seine Hand an den Reißverschluss.
„Ruhig! Konzentrier dich auf deinen Atem. Tief und gleichmäßig! Nur wenn du dich ganz entspannst, wird es angenehm.“
Piet fühlte sich gänzlich von der Außenwelt abgeschnitten. Seine Sinne waren geschärft, aber er konnte sie nicht nutzen. Er stand im Dunklen, hörte seinen Herzschlag und spürte nichts außer seinen angespannten Körper und seine Hilflosigkeit. Dieses Gefühl war sein ärgster Feind.
Katharina betrachtete Piet eingehend, bis sich sein Atem beruhigt hatte. Sie konnte sich kaum satt sehen. Piets Muskulatur zeichnete sich unter der schwarz glänzenden Haut ab und Katharina bewunderte jede kleine Wölbung, die auf den köstlichen Inhalt schließen ließ.
„Ich bin ab jetzt deine Herrin! Hast du verstanden? Dann nicke!“
Piet zögerte.
„Willst du mich beleidigen? Ich bin deine Herrin! Meine Befehle lösen bei dir genau zwei Reaktionen aus: Ein Nicken oder unmittelbares Befolgen. Verstanden!? Dann will ich jetzt ein eindeutiges Nicken sehen!“
Piet nickte. Allerdings recht verhalten, wie Katharina schmunzelnd bemerkte.
„Gut! Ich werde jetzt deine Haltung korrigieren! Ein Sklave steht nicht da, als wäre er kampfbereit.“

Piet spürte Katharinas Hände auf seiner Brust. Für einen kurzen Moment entspannte er sich tatsächlich. Sie drückte gegen seinen Brustkorb und zog die Schultern ein wenig nach vorn. Dann lockerte sie seine Handgelenke und drückte sein Kinn etwas nach unten.
„Schon besser! Du bleibst jetzt dort stehen, wo du bist!"
Katharina ging an das andere Ende ihres Salons und rief Piet zu sich. Piet drehte irritiert den Kopf, um die Richtung zu bestimmen. Durch die Maske waren die Außengeräusche gedämpft.
„Hopp! Hierher!"
Piet versuchte dagegen anzukämpfen, aber seine Hilflosigkeit verwandelte sich unmittelbar in Wut. Er versuchte seinen Kopf einzuschalten. Wie hatte der Raum vor wenigen Minuten ausgesehen? Wo konnte Katharina stehen? Er hatte keine Ahnung, ob die Richtung stimmte, ob ein Hindernis auf dem Weg wartete, oder Katharina mit einem ihrer Schlaginstrumente. Unsicher tastete er sich vor.
Katharina hatte sich gegen den Prügelbock gelehnt und merkte, wie Begehren durch ihren Körper rieselte, als Piet langsam auf sie zukam. Wenn sie jetzt mit ihm machen könnte, was sie wollte… Sie rief sich zur Ordnung. Er war für sie nicht der, den sie sich wünschte. Außerdem hatten sie einen Auftrag. Piet blieb stehen.
„Habe ich gesagt, dass du stehen bleiben sollst?! Was fällt dir ein! Komm gefälligst her und zeig, dass du kein trotziges Kleinkind bist!"
Katharina sah wie Piet die Faust ballte.
„Na los!"

Piet kam direkt auf sie zu und Katharina wechselte den Standort.

„Hierher habe ich gesagt!“

Irritiert drehte Piet sich um.

„Worauf wartest du?!“

Piet begriff, dass Katharina ihm ausgewichen war. Wutentbrannt riss er sich die Maske vom Kopf und donnerte los.

„Das ist doch lächerlich!“

Katharina straffte sich.

„Ist es das?“

Sie sah Piet mit so großem Bedauern an, dass er sich sofort etwas zügelte.

„Entschuldigen Sie! Aber ich habe mir unter unserem ersten Spiel nicht unbedingt ‚Blinde Kuh‘ vorgestellt.“

„Das war noch lange kein Spiel! Das war nur ein winzig kleiner Test! Wie soll ich Sie mitnehmen, wenn Sie mir noch nicht mal bis hier hin folgen?“

„Vielleicht könnten wir detailliert besprechen, wann welcher Schritt kommt und dann spielen wir das einfach an dem Abend nach?“

Katharina schüttelte den Kopf.

„Das wird nicht klappen. Schließlich sind wir nicht allein, und ich muss auch auf andere Menschen reagieren.“

Katharina spürte, dass Piet kurz davor war alles hin zu schmeißen und vergaß ihr gekränktes Ego.

„Ich kann Sie verstehen! Sie fühlen sich sofort gedemütigt, wenn Sie nicht die Fäden in der Hand halten. Aber Sie können und müssen mir vertrauen! Denken Sie einfach immer daran: Es wird Sie niemand erkennen. Und ich will nur das Beste für uns beide."

„Im Ernstfall krieg ich das schon hin! Ich bin ja nicht blöd!"

Katharina hob ihre Augenbrauen so hoch, dass sie unter ihrem akkuraten Pony verschwanden und Piet sich, vollkommen gegen seine Intention, schrecklich blöd vorkam.

„Ich mache keine Kompromisse! Ich nehme Sie nur mit, wenn ich das Gefühl habe, dass Sie uns nicht verraten! Oder besser, Ihr Stolz mich nicht lächerlich macht! Ich bin auf Sie genauso angewiesen, wie Sie auf mich!"

Piet seufzte.

„Wollen Sie weitermachen?"

Piet nickte.

„Dann ziehen Sie sich die Maske wieder über."

Piet gehorchte.

„Brav! Jetzt geh auf alle Viere!"

Piet tat wie ihm geheißen. Katharina kam zu ihm, klemmte seinen Kopf zwischen ihre Knie und gab ihm mit beiden Händen einen Klaps auf den Allerwertesten.

„Mach Männchen!"

Piet richtete genervt seinen Oberkörper auf und versuchte vorauszusagen, was als Nächstes kam. Wahrscheinlich folgte eine Ohrfeige. Oder sie würde ihm den dämlichen Reißverschluss öffnen und ein Folterinstrument als Stöckchen zwischen die Zähne klemmen, damit er es von Zimmerecke zu Zimmerecke schleppte. Vielleicht sollte er auch nur auf Knien vor ihr hin und her rutschen. Doch

dann geschah etwas ganz anderes. Katharina nahm ihn in den Arm und streichelte ihn liebevoll. Ihre Wärme umhüllte ihn und verteilte sich über seine zweite Haut. Er spürte, dass sie es ernst meinte und hörte leise ihre Stimme.
„Das hast du gut gemacht!"
Plötzlich war die Hilflosigkeit Piets Freund. Das erste Mal in seinem Leben. Piet begann Katharina zu folgen. Er achtete nicht mehr auf sich, sondern nur noch auf sie. Auf ihre Hände, ihre Stimme, ihre Wünsche.
Die beiden trainierten so lange, bis Piet seine natürlichen Reaktionen fast ganz unter Kontrolle hatte. Und das dauerte zu Katharinas Vergnügen eine ganze Weile.
Als Piet im Gäste-Bad die schwarze Haut abstreifte, fühlte er sich wahrhaftig nackt. Derjenige, der in der Haut gesteckt hatte, war noch da, aber ohne ihren Schutz konnte er nicht bleiben. Piet wäre gern für immer auf dem Badewannenrand sitzen geblieben. So lange, bis die Zeit ihm eine Richtung gewiesen hätte. Aber Katharina wartete auf ihn.
Als Piet in Katharinas Tür stand, war er fast wieder der Alte.
„Eine Erfahrung!"
„Das hoffe ich!"
Katharina lächelte.
„Du bist ein guter Schüler!"
„Das heißt, meine Herrin würde mich zur nächsten Party mitnehmen?"
„Ja, das würde sie."

Katharina stand dicht vor ihm. Verlegen lächelten die beiden sich an. Piet hörte seine Stimme, als wäre sie meilenweit entfernt.
„Ich danke dir."
Für eine Millisekunde schlug Katharina die Augen nieder.
„Ich habe zu danken!"
Auf dem Nachhauseweg taten Piet alle Knochen weh, aber er merkte es nicht. Das Wechselbad der Gefühle, in das Katharina ihn getaucht hatte, spülte alles andere fort.

13

Der Abend der SM-Party war gekommen und Piet versuchte seine Unruhe zu ignorieren, was ihm schwerfiel. In der schwarzen Latexhaut verstärkte sich die Selbstwahrnehmung, ob man wollte oder nicht. Das Blut rauschte in seinen Ohren und sein Herz klopfte bis zum Hals. Piets Körper begann in einer Balsamierung aus Schweiß zu schwimmen. Er versuchte seinen Atem zu kontrollieren, um seine Umgebung wenigstens akustisch wahrnehmen zu können.

Katharina nahm ihn fest an die Hand. Er trat über eine Schwelle und ging vorsichtig, immer am Geländer entlang, die gewundene Treppe hinunter. Er hörte eine zweite Tür schwer ins Schloss fallen und spürte, wie frische Luft seine Außenhaut deutlich abkühlte. Nun war er sicher, dass er draußen auf der Straße stand.

Er wurde in ein Auto gesetzt, das sofort losfuhr. Sein Herz und sein Atem fochten einen Kampf um das richtige Tempo aus. War Katharina noch bei ihm? Konnte er ihr wirklich vertrauen? Wer fuhr das Auto? Und wer sah ihn jetzt? Unruhig ballte er seine Fäuste. Er konnte nicht anders. Sofort spürte er eine Hand, die ihn beruhigend streichelte. Piet lehnte sich zurück und versuchte nur auf diese Hand zu achten. Es war Katharinas Hand, ganz sicher. Sie hatte ihm versprochen, ihn nicht Dritten zu überlassen und ihn nicht vorzuführen. Er sollte einfach nur bei ihr sein. Aber das ganz und gar.

Nach einer Fahrt, die etwa zwanzig Minuten dauerte, hielt das Auto abrupt an. Die Autotür wurde geöffnet. Piet spürte wie Katharina ihm ein Halsband umlegte, und hörte es direkt unter seinem Kinn klicken. Plötzlich gab es einen Ruck. Angeleint wie einen Hund zog Katharina ihn aus dem Auto und hinter sich her. Piet hörte dröhnende Motoren. Stickige Luft versetzte ihn kurzzeitig in Panik. Er befahl sich zum wiederholten Mal gleichmäßig zu atmen und konzentrierte sich auf den Weg. Sie mussten in der Tiefgarage sein, von der Marius Merck gesprochen hatte.
Nach etwa zwanzig Metern, während dessen Katharina ihn an der kurzen Leine hielt, stoppten sie und warteten. Piet hörte Stimmen. Ein kurzer Wortwechsel. Dann gab Katharina ihm einen Klaps auf den Oberschenkel, der ihm zeigte, dass er die Füße heben sollte. Sie nahmen zwei Stufen und betraten einen Innenraum. Musik schwoll an, die nach einem getragenen, düsteren Tango klang. Wieder wechselte die Temperatur schlagartig. Der Latex nahm jedes Grad sofort auf und übertrug es auf seinen Körper. Es war angenehm, weder zu kalt noch zu warm. Trotzdem rann der Schweiß Piets Körper mittlerweile in Bächen herunter.
Eine Hand packte ihn an der Schulter. An der Art des Zugreifens erkannte Piet, dass es immer noch Katharina war. Er sollte sich bücken. Gehorsam folgte er. Er versuchte sich das Bild des Kellers vor sein geistiges Auge zurückzurufen, um so etwas wie eine Orientierung zu bekommen. Er hörte Stimmen, zischende Geräusche, den Klang metallischer Gegenstände, manchmal ein Klirren

wie von Gläsern, kurz ein Stöhnen oder einen leisen Schrei. Als er sich seine Umgebung vorstellte, sah er sich von außen und verbannte das erniedrigende Bild sofort wieder aus seinem Gehirn. Er fiel hier schließlich nicht auf. Niemand achtete auf ihn. Er war nur ein weiteres Accessoire in einer Szenerie, in der das Lebende zum Objekt wurde und das Objekt zur reinen Begierde. Piet ging auf, dass er die wahre Bedeutung des Fetischismus am eigenen Leib zu spüren bekam.

Diesmal trug er eine Maske, welche die Augen freiließ. Katharina hatte ihm eine Augenbinde umgelegt, und er konnte es kaum erwarten, sie endlich loszuwerden. Gleichzeitig musste er zugeben, dass die Beraubung der Sinne das einfachste und effektivste Mittel war, um einem jede Selbstsicherheit zu nehmen. Sie blieben stehen. Endlich hörte er Katharinas Stimme.

„Sitz!"

Der Zug der Hundeleine führte schräg nach unten. Langsam ließ Piet sich auf die Knie nieder. Katharina zog ihn leicht zu sich heran. Er spürte an seiner rechten Seite etwas Hartes, eine Stuhllehne. Katharina tätschelte seinen Kopf und unterhielt sich derweil angeregt. Da es relativ leise war und Piet nah am Gespräch saß, konnte er es verfolgen.

„Lady Anastasia! Wir haben uns lange nicht gesehen. Wie geht es Ihrem lieben Hermann?"

Katharinas Gesprächspartnerin war eine Frau mit einer Reibeisenstimme, die sich anhörte, als ob sie schon ihre Kindheit in verrauchten Kneipen verbracht hätte.

„Hermann hat mich verlassen. Er hat tatsächlich eine Dame in seinem Alter gefunden, die ihm bei Gelegenheit in freier Wildbahn den Hintern versohlt. Er ist vollkommen verknallt!“

„Wie schön für ihn, wie schade für Sie!“

„Ja, Hermann war ein Juwel!“

„Ich habe letztens ein sehr angeregtes Gespräch mit dem Baron geführt, was man in der Natur alles nutzen kann! Die Brombeerranken waren unsere Favoriten. Aber er hatte auch spannende Vorschläge, auf die ich zugegebenermaßen noch gar nicht gekommen bin!“

Ganz beiläufig hatte Katharina die Zielperson ins Gespräch gebracht. Piet spitzte die Ohren.

„Der Baron ist hinten an der Folterbank und führt eine seiner Sklavinnen vor.“

„Wunderbar! Dann werde ich ihn vielleicht noch mal darauf ansprechen!“

Piet wäre am liebsten sofort aufgesprungen und beherrschte sich nur mit Mühe. Ein Kettenrasseln näherte sich von links.

„Ah! Da kommt unser Kaffee!“

Katharina klopfte Piet auf die Schulter.

„Auf alle Viere, hopp!“

Piet folgte Katharinas Kommando und spürte unvermittelt etwas Warmes auf seinem Rücken. Katharina hatte ihre Tasse Kaffee auf ihm abgestellt. Die Untertasse schien einen glühenden Kreis in seine Latexhaut zu brennen. Gerade als Piet alles egal wurde und er aufspringen wollte,

ließ der Schmerz nach. Katharina trank. Aber kaum stellte sie die Tasse wieder auf ihm ab, brannte es erneut, auch wenn es nach jedem Schluck etwas weniger wurde. Piet hielt nur still, weil er unaufhörlich an den Baron dachte.
Endlich verabschiedete Katharina sich und zog ihn auf allen Vieren hinter sich her. Piet tastete vorsichtig über den Boden, um weder in Scherben zu greifen, noch unter unachtsame Füße zu kommen. Als er endlich aufstehen und ‚Männchen' machen durfte, nahm Katharina ihm die Augenbinde ab.
„Braver Junge!"
Ihre Stimme klang vergnügt, doch ihr Blick verriet ihre Anspannung.
„Du darfst zuschauen!"
Piet sah eine Folterbank, um die sich etwa ein Dutzend Männer und Frauen gruppiert hatte. Ob devot oder dominant, halbnackt oder in schwarz glänzender Hülle, alle starrten genüsslich oder neugierig auf die junge Frau, die auf der Bank lag. Nicht blond, aber mit rotblonden Locken. Hinter der Folterbank stand der Baron.
Er war tatsächlich nicht groß. Piet konnte auf ihn herabschauen. Aber seine Haltung war im besten Sinne aufrecht, fast etwas steif. Sein Outfit wurde seinem Pseudonym absolut gerecht, indem es an einen verkorksten Superhelden mit Adelsanspruch erinnerte. Der Baron trug eine Halbmaske, die Mund und Kinn frei ließ. Der hohe Stehkragen seines Umhangs, der das Gesicht einrahmte, verfälschte jedoch den Eindruck der Gesichtsform.

Piet konzentrierte sich auf den Mund. Die Lippen waren schmal und schienen in einem spöttischen Lächeln eingefroren. Das Philtrum, die Nasenrinne, war wenig ausgeprägt. Tatsächlich hatte die Mundpartie etwas von einem hochintelligenten Schimpansen. Piet musste an Kafkas ‚Bericht für eine Akademie' denken. Die schwarze Aufmachung tat ihr Übriges. Neben dem Umhang mit Stehkragen trug der Baron Handschuhe, die aussahen wie die der Musketiere aus den Mantel- und Degenfilmen. Aber natürlich war alles aus schwarzem Latex.

Der Baron hatte die zarte, fast durchsichtig wirkende Haut seines ergebenen Opfers mit einem Nadel-Rad bearbeitet und zog nun das archaisch anmutende Muster auf ihrem Arm mit einem Gerät nach, das wie ein Teppichmesser aussah. Die Masochistin stöhnte leise, als ihr Blut hervortrat.

Piet bemerkte auf dem anderen Arm, der zu seiner Seite hin lag, lauter winzige, helle Narben, die quer über die Haut verliefen. Das Mädchen hatte sich selbst geritzt. Viele Male, so wie es aussah. Der Baron verschaffte ihr mit seinem blutigen Muster Erleichterung.

Plötzlich widerte Piet seine Umgebung unglaublich an. Es war nicht die Schuld derjenigen, die ihn umgaben. Es war die Schuld eines fortwährenden Leidens, das Menschen dazu brachte sich selbst und andere zu verletzen. Im übertragenen und schließlich im tatsächlichen Sinne. Die Stimme des Barons übertönte seine Gedanken.

„Willst du wohl stillhalten!"

Es war eine sonore, wohltemperierte Stimme, wie gemacht für den Moderator einer nächtlichen Radiosendung. Piet erstarrte. Plötzlich hatte er das Gefühl, dass er diesen Moment schon hunderte Male erlebt hatte. Er kannte die Situation ganz genau. Das Déjà-vu überrollte ihn wie eine Flutwelle und drohte ihn zu verschlucken. Sein Körper reagierte, aber er konnte keinen klaren Gedanken fassen. Er starrte auf den Baron, lauschte seinem Herzklopfen und merkte, dass er aus der Situation herausmusste, um sie analysieren zu können.

Piet warf Katharina einen flehenden Blick zu. Katharina nahm ihn besorgt an den Arm, schob ihn aus dem Zuschauerkreis und bugsierte ihn auf eine rote Sitzlandschaft.

„Was ist los? Das Blut?“

Piet wollte entrüstet den Kopf schütteln, besann sich aber eines Besseren und flüsterte seine Antwort mit gesenktem Kopf.

„Das ist es nicht. Ich… Lass mich einfach hier sitzen! Geh zum Baron! Frag ihn nach Natascha! Dann holst du mich wieder ab!“

Katharina nickte, strich über seinen Kopf, als wäre er noch ihr Hündchen, legte ihn an eine der Ketten, die sich neben den Sesseln darboten, und ging.

Als Piet versuchte seine Gedanken zu ordnen, fiel sein Blick in eine dunkle Ecke, in der ein Käfig stand.

Zusammengekauert wie ein hagerer Engerling hockte dort Marius Merck. Er hatte seine angewinkelten Beine umschlungen und den Kopf ergeben auf seine Knie gelegt.

Vollkommen nackt bis auf ein breites Nietenhalsband wartete er darauf, dass sich endlich irgendjemand mit ihm beschäftigte.

Als sie wieder im Auto saßen, wartete Piet auf das erste Abbiegen, danach riss er sich sofort die Maske vom Kopf.
„Und? Was hat er zu Natascha gesagt?“
„Nichts. Er wirkte auch nicht besonders gerührt. Für ihn war sie eine von vielen.“
Den Rest der Rückfahrt schwieg Piet, auch wenn er Katharina längst eine Erklärung für sein Verhalten schuldig war. Katharina respektierte Piets Schweigen und sprach ihn erst wieder an, als sie in ihrem Studio waren.
„Möchtest du etwas trinken?“
„Wasser!“
Katharina brachte ihm eine Flasche Wasser, die er sofort zur Hälfte leerte.
„Was war denn los? Du wirkst aufgewühlt. Liegt es an mir?“
Piet biss sich auf die Lippen. Er wollte jetzt nichts Unbedachtes sagen.
„Ich weiß nicht. Als ich dem Baron gegenübergestanden habe, hatte ich eine Art Déja-vu. Ich hatte auf einmal das überwältigende Gefühl, dass ich die Situation genauso schon erlebt habe.“
„Was genau?“
„Ich weiß nicht. Es war, als ob ich in ein anderes Leben reingeschaut hätte und erkannte, dass es mein eigenes war. Es war alles so vertraut!“

„Es gibt in besonders emotionalen Momenten oft Eingebungen aus vorherigen Leben…“
Piet nahm noch ein paar Schlucke aus der Flasche.
„Hmmm…“
„Du hältst mich für esoterisch.“
„Nein! Das ist es nicht. Ich glaube, ich kenne die Situation wirklich. Und es macht mich verrückt, dass ich sie nicht einordnen kann!“
„Dann müssen wir versuchen, deine Gefühle und Gedanken zu ordnen.“
Piet schaute Katharina erstaunt an.
„Wie wollen wir das machen?“
Sie winkte ihm zu folgen. Immer noch ganz braver Sklave lief er hinter ihr her. Katharina öffnete die Tür zum Blauen Salon und wies auf die Folterbank.
„Leg dich hin!“
„Wie bitte?!“
„Du wirst dich hinlegen, zur Ruhe kommen und alles ausblenden, was nicht wichtig ist, um näher an deine Bilder und Gefühle heranzukommen.“
„Das soll klappen?“
„Die Psychoanalyse hat 200 Jahre daran geglaubt. Na, los!“
Piet war mittlerweile jenseits von Gut und Böse. Eine Formulierung, die Katharina wahrscheinlich gefallen hätte. Er schaute an seinem Latex-Outfit herab und schwang sich seufzend auf die Folterbank. Dort ausgestreckt, konnte er tatsächlich die außergewöhnliche Umgebung ausblenden. Auch Katharina konnte er nicht sehen. Er hörte nur ihre

Stimme, die angenehm klar war, in ihrem Klang und in dem, was sie fragte.
„Was wissen wir?“
Piet rekapitulierte noch mal den Fall.
„Das größte Problem ist, dass wir keine Spuren im üblichen Sinne haben. Weder gibt es einen Tatort, den man zuverlässig überprüfen könnte, noch gibt es Spuren an den Toten, die auf einen Täter hinweisen. Das war ja der große Konflikt. Du warst die einzige greifbare Aussage, die sich dann nicht bestätigt hat.“
Katharina umrundete die Folterbank mit hinter dem Rücken verschränkten Armen.
„Wenn das alles wegfällt, wonach könnten wir dann gehen?“
„Eigentlich nur nach dem Täter.“
Katharina blieb stehen.
„Vielleicht ist es genau das, was der Täter will.“
Piet drehte seinen Kopf in ihre Richtung.
„Wie meinst du das?“
„Ich meine, dass es dem Täter darum geht, dass man sich mit ihm beschäftigt. Letzten Endes glaube ich, dass es jedem Täter darum geht. Gar nicht im Sinne von Hilferuf oder so vordergründigem Quatsch, sondern so wie bei meinen Gästen.“
Piet richtete sich interessiert auf.
„Inwiefern?“
Katharina stand sinnierend mitten im Raum.

„Jeder Mensch braucht echte Aufmerksamkeit, das heißt Aufmerksamkeit für sein wahres Selbst. Wenn man das wahre Selbst lange verstecken muss, wird dieser Drang irgendwann übermächtig. Egal, wie verschieden die Bedürfnisse meiner Gäste sind, letzten Endes geht es ihnen um die Aufmerksamkeit, die ich ihnen und ihren besonderen Wünschen widme. Ich sehe sie! Und für viele Menschen ist es eine unglaubliche Erleichterung, sich endlich so zeigen zu können, wie sie wirklich sind. Vielleicht ist es bei diesem Täter genauso. Rache, fehlgeleitete Gelüste, Traumata, was auch immer, alles verwandelt sich bei der Tat auch noch in den Aspekt, dass man endlich gesehen wird. Für sein wahres Selbst Aufmerksamkeit bekommt. Zuerst vom Opfer – absolute, uneingeschränkte Aufmerksamkeit – und dann von den Verfolgern. Wahre Bedürfnisse werden in unserer kranken Gesellschaft immer auf Umwegen erfüllt."
Piet war ehrlich erstaunt.
„So habe ich das noch nie betrachtet."
Katharina verschränkte wieder ihre Arme hinter dem Rücken und wanderte, ganz Dr. Freud, um die Liegestatt ihres Patienten herum.
„Bleiben wir bei den Fakten! Überlegen wir, was den Täter ausmacht. Leg dich wieder hin und fang an!"
Piet gehorchte. Er streckte sich wieder auf der Folterbank aus und starrte auf den blauen Samt-Baldachin.
„Die meisten Täter entsorgen ihre Opfer nur wenige Kilometer von ihrer Wohnung. Die Fundorte liegen beide im

Westen der Stadt, im Umkreis des Naherholungsgebietes. Dort grenzen zwei Stadtteile aneinander, das alte Eisenbahner-Viertel, eher gutbürgerlich, und ein stark gemischter Stadtteil mit viel sozialem Wohnungsbau. Der Täter macht sich ausführlich Gedanken über die Spurenlage, legt die Leichen aber quasi an öffentlichen Plätzen ab. So als wolle er seine Taten durchaus zeigen. Meiner Meinung nach stammt er auf keinen Fall aus bildungsfernem Milieu. Er handelt nicht affektiv. Seine Taten, oder zumindest die Entsorgung der Leichen, setzt zu viel Planung voraus. Ich würde auf einen Mann mittleren Alters aus dem bürgerlichen Stadtteil tippen. Die Frauen sind ihm gefolgt. Wahrscheinlich ist er vertrauenserweckend, eher harmlos im Aussehen. Jemand, der nicht auffällt. Er liebt knabenhafte, fast kindliche Frauen, die nicht größer sind als 1,70, also höchstwahrscheinlich nicht größer als er selbst. Das heißt, er hat eher eine unreife, angstbesetzte Sexualität, fühlt sich als Mann vielleicht sogar von Frauen bedroht.
„Wir gehen also wovon aus?“
„Ich würde sagen, wir gehen von jemandem aus, der sich perfekt in die Gesellschaft eingefügt hat. Jemand, der eine gute Position in der Gesellschaft hat. Etwas erreicht hat, aber das war nicht sein ureigenes Ziel.“
Katharina hielt in ihrer Umrundung der Folterbank inne.
„Ich, wir alle aus der Szene, haben uns immer gewundert, als der Baron auftauchte. Auch Doms müssen lernen, sich selbst und ihre Spezialitäten erst zu entwickeln. In unserer Stadt kennt man sich und verfolgt diese Entwicklungen

manchmal lange mit. Aber der Baron erschien wie aus dem Nichts auf der Bildfläche und war von Anfang an perfekt in dem, was er gemacht hat. Wir dachten einfach, er sei neu hergezogen.“

„Der Baron ist auch nicht gerade groß, und die Latextheorie ergibt hinsichtlich der nicht vorhandenen Spuren Sinn. Zudem spielt er mit Frauen, die dem Opfertypus entsprechen. Auch sein Auftreten wirkt eher distinguiert, was passen würde. Aber die Tatsache, dass ein Sadist, der Cuttings vornimmt, Leichen hinterlässt, die keine Spur von Schnitten aufweisen, ist ein großer Haken.“

Piets Worte schwebten in der Luft und er spürte, dass Katharina kurz nachdachte.

„Wofür würden Schnittwunden stehen?“

„Nun… Es kommt auf den Zweck der Schnittwunde an, reine Tötung oder Verstümmelung, also Mutilation.“

„Cuttings wären also eher Mutilationen? Wofür stehen die?“

Piet starrte an die Decke, bis der blaue Samt näher zu kommen schien.

„Ich weiß nicht. Mutilationen sind alle hoch emotional! Unser Täter scheint viel zu rational und kontrolliert, als dass er aggressiv oder offensiv verstümmeln würde.“

„Aggressiv oder offensiv? Wo ist da der Unterschied?“

„Die beiden Arten sind tatsächlich schwer voneinander zu unterscheiden. Aggressive Mutilation bezweckt die Depersonalisation des Opfers. Oft wird das Opfer erst nach der Tötung geköpft oder an bestimmten Stellen verstümmelt, etwa im Genitalbereich. Brüste, Hände, Füße werden abgeschnitten und so weiter. Die offensive Mutilation dient eher der sexuellen Befriedigung. Typisch für die offensive Verstümmelung ist, dass die Täter auch noch den Bauchraum ihrer Opfer öffnen, Organe entnehmen oder ihre Opfer häuten…"

Wie ein Meteor, der in die Erdatmosphäre eintritt, explodierte plötzlich eine Gewissheit in Piets Kopf und sprengte seine Erkenntnisse und seine Gefühle weit auseinander. Katharina wusste nicht, ob sie lachen oder Angst haben sollte. Scheinbar ferngesteuert, wie ein Zombie aus einem billigen Horrorfilm, richtete sich Piet mit unnatürlich weit aufgerissenen Augen auf.

„Piet?!"

Piet starrte Katharina an und murmelte: „Das Spiel! Die DNA!"

„Piet? Alles in Ordnung? Wovon redest du?"

„Es gibt nur einen Zusammenhang!"

Piet schwang seine Beine von der Bank und fing nun selbst an um sie herum zu tigern. Katharina setzte sich auf ihren Thron und wartete ab, bis Piet soweit war.

„Ich dachte, der Täter spielt mit uns! Die Ablageorte schwanken zwischen rationaler Erwägung, dem schnellen Verrotten, und einem irrationalen Moment der Präsentation. Ich hatte an ein Spiel auf Zeit gedacht. Werde ich entdeckt oder nicht? Oder zeigt sich meine geniale Tat anhand des spurenlosen Körpers? Aber darum geht es gar nicht. Einerseits geht es zwar darum, ob die Leiche spurlos verschwindet. Aber die andere Seite, das Auffinden des Leichnams ist viel, viel mehr! Es ist die ultimative Belohnung. Beim Auffinden bekommt der Täter die Möglichkeit doch noch den Bauchraum zu öffnen – und zwar vor allen Augen."

Katharina runzelte fragend die Stirn.

„Auf dem Sektionstisch!"

„Wie bitte?"

„Das Déjà-vu im Club! Dieses Gefühl, dass ich das alles schon mal genauso erlebt habe, stammt daher, dass ich an der Folterbank genauso gestanden habe wie sonst am Sektionstisch! Und mir gegenüber stand Rademann! Unser Rechtsmediziner! Ich in voller Montur, er in voller Montur. Alles in schwarz statt in weiß! Aber der Winkel, die Neigung meines Kopfes! Ich habe an dieser Bank genauso auf ihn heruntergeschaut wie am Sektionstisch. Und dann die Stimme! Er ist der Baron! Er weiß, wie man Spuren vermeidet, und er muss die Leichen nicht sofort aufschlitzen! Nein! Viel besser! Wenn die Leiche doch noch gefunden wird, kann er das in aller Ruhe und mit aller Sorgfalt tun. Während ich und die Kollegen zuschauen!"

Jetzt sprang Katharina auch auf.

„Und die DNA!"

„Richtig! Wenn jemand die DNA fälschen kann, dann er!"

Katharina schluckte hart.

„Ich brauche jetzt etwas zu trinken!"

Piet nickte atemlos.

„Ich bin dabei!"

Piet und Katharina hockten im Empfangsraum über den kleinen Tisch gebeugt und blätterten im örtlichen Telefonbuch.
„Da! Rademann, Georg, eoc. med. in der Augsburger Straße 101. Mittendrin im alten Eisenbahner-Viertel."
Piet ließ seinen Zeigefinger unter der unglaublichen Zeile liegen, als ob er Angst hätte, sie würde ohne ihn verrutschen und verschwinden.
„Was machen wir jetzt?"
„Das ist die Frage! Wir brauchen einen eindeutigen, hundertfünfzigprozentigen Beweis. Und niemand, absolut niemand außer uns, darf zum jetzigen Zeitpunkt etwas davon wissen."
Piet schenkte sich den dritten Cognac ein. Sein inneres Koordinatensystem war mit einem Schlag vollkommen durcheinandergeraten. Rademann, der hochangesehene Rechtsmediziner, mit dem er Jahre lang zusammengearbeitet hatte, war ein Sadist und Mörder. Die mögliche Lösung des Falles elektrisierte ihn und doch hoffte er im Stillen, dass er sich irrte.
Katharina betrachte die Zahlenkolonnen auf den dünnen Seiten des Telefonbuches.
„Und wie wollen wir das alles beweisen?"
Piet leerte sein Glas in einem Zug und knallte es unbeabsichtigt stark auf das Tischchen.
„Durch ein Klischee!"
Katharina wurde unwirsch.
„Jetzt spann mich doch nicht auf die Folter!"
Piet musste grinsen.

„Ich dich?"
Katharina musste ebenfalls lächeln, aber sie insistierte.
„Wie jetzt?"
„Wir müssen uns in den Kühlraum der Rechtsmedizin schmuggeln, damit du deine Nichte dort identifizieren kannst. Nur dann haben wir einen Beweis gegen Rademann."
„Wieso haben wir das nicht gleich gemacht?"
„Außer in Fernsehkrimis macht man das schon seit Jahrzehnten nicht mehr. Eigentlich sollten die molekulargenetischen Beweise ja hieb- und stichfest sein. Zudem sind Identifizierungen durch Angehörige zu 60% falsch."
„Du meine Güte!"
Piet schaute Katharina fest an.
„Nun, die Identifizierung einer Leiche ist eine sehr belastende Situation! Meinst du, du schaffst das?"
„Sicher! Aber meinst du, Céline ist noch da?"
„Solange es keine Freigabe durch den Staatsanwalt gibt, müssen die Leichen verwahrt werden."
Sie waren beide müde und überdreht. Die ungeheuerliche Entdeckung, die Erleichterung, die Aufregung, das gemeinsame Entsetzen, die langen Stunden ohne Schlaf.
Trotzdem traf es Piet vollkommen unvorbereitet, als Katharina sich bei ihm anlehnte und ihren Kopf auf seine Schulter legte.

Teil 3

Kleiner Tod

14

Piet schloss die Augen und hob sein Gesicht der Sonne entgegen. Ihr weiches, wärmendes Gold verriet, dass sie ihren Höchststand verlassen hatte und der Sommer bald vorbei sein würde. Er lehnte an einem Stehtisch und schob seinen halbleeren Coffee-to-go im Slalom um die ringförmigen Flecken herum, die seine Vorgänger mit ihren Getränken hinterlassen hatten.

Kaum jemand wusste, was sich hinter den hohen Mauern auf der anderen Straßenseite verbarg. Ein dezentes Schild wies zwar auf die Pathologie mit rechtsmedizinischer Abteilung hin, aber kein Radfahrer, keine Mutter mit Babywagen, kein Kind mit Tornister, niemand, der vorbeikam, achtete darauf. Sie alle hatten genug mit dem Leben zu tun. Eine zierliche Frau mit Fahrradhelm ließ ihr Tourenrad vor dem Eingang zur Pathologie ausrollen und schwang sich vom Sattel. Sie war so klein, dass sie fast wie ein Kind wirkte, das sich das Fahrrad seiner Mutter ausgeliehen hatte. Piet erkannte erst auf den zweiten Blick Rademanns Präparatorin. Piet hatte keinen Plan, aber er wusste, was er wollte. Er ließ seinen Kaffee stehen und versuchte so schnell wie möglich über die befahrene Straße zu kommen. Hinter dem Rücken der Präparatorin, die umständlich ihr langes, blondes Haar aus dem Helm befreite, sprang Piet auf den Fußweg, verschnaufte kurz und schlenderte dann auf die junge Frau zu.

„Ich wusste ja gar nicht, dass Sie auch zu den Radprofis gehören!"
Die junge Frau schaute ihn erstaunt an. Piet wies auf das teure Fahrrad.
„Gute Manufaktur! Habe ich auch im Keller!"
„Herr Szukay! Hallo! Ja, ich bin viel mit dem Rad unterwegs, da lohnt sich das."
Piet nickte bekräftigend.
„Bietet sich in unserer Stadt ja auch an! Zumal man so schnell im Grünen ist…"
Er bemerkte ein irritiertes Flackern in den hellblauen Augen.
„Entschuldigen Sie, ich habe Ihren Namen nicht parat. Frau?"
„Harms. Tabea Harms!"
„Frau Harms!"
„Kann ich Ihnen irgendwie helfen?"
„Ja. Ich bräuchte noch mal eine professionelle Meinung von Herrn Rademann. Ist er da?"
„Nein. Er ist auf einer Vortragsreise. Nächste Woche ist er wieder zurück. Ist es dringend?"
„Ach, ich denke, bis dahin kann es noch warten. Ich melde mich!"
Piet schaute in gespielter Verwunderung auf seine Uhr.
„Sie fangen jetzt erst an?"
Wieder regte sich Unbehagen in seinem Gegenüber.
„Nein, mein Kollege ist da. Ich habe nur etwas vergessen."
„Dann danach einen schönen Feierabend!"
„Danke!"

Die Präparatorin schloss ihr Fahrrad ab und Piet schlenderte ein paar Schritte weiter, bis er wieder über die Straße zur Bäckerei hetzte.
Sein Kaffee stand noch auf dem Tisch, war aber nun endgültig kalt. Er bestellte einen neuen und rief Katharina an. Einen Becher später war sie da. Zusammen warteten sie, dass Frau Harms wieder auftauchte. Piet wies auf das abgestellte Tourenrad.
„Sehr gute Marke. Lenkerrucksack. Die Dame ist viel unterwegs!"
Katharina schaute ihn fragend an.
„Die Ablageorte. Beide waren in der Nähe von Fahrradstrecken. Nicht Rademann kannte die Umgebung…"
„Sondern seine Assistentin! Du meinst, sie ist seine Komplizin?"
„Wäre möglich. Zum Transport muss er ein Auto genutzt haben, aber zur Ablage war eine zweite Person nötig! Und nicht nur er, sondern vielmehr seine Präparatorin kann hervorragend DNA fälschen!"
Piet fixierte den Ausgang der Pathologie. Im selben Moment kam Tabea Harms aus dem Tor. Während die junge Frau ihr Rad aufschloss und sich den Fahrradhelm aufsetzte, beobachtete Katharina sie eingehend.
„Sie sieht den Opfern sehr ähnlich!"
Piet schaute Katharina, die in seltsam ruhigem Ton gesprochen hatte, erstaunt an und dachte sofort an den unheimlichen Moment während der Sektion. Dieses abartige, aber perfekte Bild für den ewigen Kreislauf, als Tabea sich

über die junge Leiche gebeugt hatte, um sie zuzunähen. Piet unterdrückte seine Aufregung. Nun war er sich hundertprozentig sicher, dass sie in der Rechtsmedizin fündig würden. Ihm kam ein Gedanke.
„Kennst du sie vielleicht aus der SM-Szene?“
Katharina schüttelte bedauernd den Kopf.
„Nie gesehen! So ein kleines Engelchen wäre mir sofort aufgefallen.“
Tabea Harms schwang sich auf ihr Fahrrad und radelte davon.
„Ok. Sie ist weg! Bereit?“
Katharina zückte einen kleinen Digital-Recorder.
„Bereit!“
Piet schaute verblüfft auf das professionelle Aufnahmegerät. Katharina war verunsichert.
„Ich dachte, das sieht besser aus als mein Handy?“
„Wo hast du das denn so schnell hergezaubert?“
„Einer meiner Gäste hat ein Tonstudio.“
Piet musste grinsen.
„Natürlich…“

Als Piet und Katharina über den kleinen Vorplatz zum Empfang gingen, stellte Piet erleichtert fest, dass Dennis in dem Glaskasten des Pförtners saß. Dennis war ein einfacher, junger Kerl, der froh war, dass er es bis in die Pförtnerloge des Instituts für Rechtsmedizin geschafft hatte. Für ihn war es eine Lebensstellung.
„Hi Dennis!“
„Hallo Herr Szukay!“

Dennis ließ seine Zeitung sinken, auf deren Titelseite der Sieg des heimischen Vereins als freudentaumelnder Aufmacher sichtbar war.
„Und? Deine Mannschaft vom Relegationsplatz?“
„Aber sowas von knapp! In der letzten Minute! Na ja, so gut wie in der letzten Minute! Egal, 13. Platz ist 13. Platz!“
„Darf ich dir Frau Schmidt vom Rundfunk vorstellen?“
Katharina lächelte gewinnend.
„Hallo! Freut mich!“
„Danke, äh, mich auch!“
Piet kam dem fragenden Blick von Dennis nach.
„Frau Schmidt macht ein Radiofeature über die letzten Minuten in unserem Leben. Ich habe ihr versprochen, dass ich sie in den Kühlraum bringe.“
Dennis blickte verunsichert von einem zum anderen.
„Ich weiß nicht, ist das angemeldet?“
Piet spielte den Entrüsteten.
„Wieso hat Markgraf euch das nicht gemailt? Das darf doch nicht wahr sein! Ich habe ihn extra noch angeschrieben deswegen! Aber war ja klar, ein Radiofeature ist nicht wichtig genug für den eitlen Nadelstreifenarsch.“
Piet machte eine verschwörerisch genervte Grimasse. Dennis grimassierte zurück.
„Verstehe!“
Katharina schaltete sich ein.
„Mir geht es vor allem darum, die Atmosphäre einzufangen. Kühlfächer auf- und zugehen hören, ein paar Statements von denjenigen, die vor Ort sind.“

Sie streckte ihr Aufnahmegerät an die Löcher, die das Glas in Mundhöhe des Pförtners perforierten. Konzentrierte man sich nur auf diese Öffnungen, erschien der gesamte Glaskasten als ein gigantisches Teesieb in einer gläsernen Kanne, die man bei Bedarf nur kippen musste.
„Wie lange arbeiten Sie schon hier?"
„Also, so richtig erst seit drei Jahren."
„Wie fühlt es sich an, der Pförtner am Eingang zur Welt der ungeklärten Tode zu sein?"
Wie ein hypnotisiertes Kaninchen beantwortete Dennis Katharinas Fragen, die er nicht ganz verstand.
Piet atmete auf. Bis jetzt war alles gut gelaufen. Die Pforte wusste nicht, dass er außer Dienst war. Mit Sicherheit wusste es der eingeteilte Rechtsmediziner auch nicht.
Nachdem Katharina ihr kurzes Interview beendet hatte, fragte sie noch nach dem Familiennamen und der Mail von Dennis, der sofort um einige Zentimeter wuchs und eifrig auf den Türöffner drückte.
In der rechtsmedizinischen Abteilung wurden Piet und Katharina von einem jungen Mediziner empfangen, den Piet noch nie gesehen hatte. Durch den eifrigen Dennis waren bereits alle Unklarheiten beseitigt worden. Der junge Mann zeigte ihnen bereitwillig den Sektionsraum und führte sie dann zu den Kühlfächern.
Sie standen vor einer niedrigen Wand mit achtzehn fast viereckigen Schubladen. Alle waren nummeriert und mit einem kleinen Sichtfenster versehen. Katharina erklärte ihr Anliegen. Sie bräuchte persönliche Eindrücke und Ge-

schichten. Der Mediziner nickte freundlich.
„Gut, dass es sich nur um ein Interview handelt, sonst hätte ich Ihnen hier nicht mehr weiterhelfen dürfen!"
„Ja, das Thema bietet sich für ein Feature an! Man kann behutsamer damit umgehen."
Katharina lächelte auffordernd. Der junge Mann lächelte einverstanden zurück, zog das erste Fach auf und fing an zu referieren.
Geduldig hörten Piet und Katharina sich die Geschichte zu jeder Leiche an. Von der Babyleiche, die im Müllcontainer eines Supermarkts entdeckt wurde. Von dem jungen Mann, der im Bett eines Männerwohnheims mit tödlichen, inneren Verletzungen gefunden wurde. Von dem Kunstfehler, der auf dem Gang eines Krankenhauses verstorben war. Von der alten Frau, die erst nach Tagen aus ihrem Zimmer geholt wurde und so lange Fußnägel gehabt hatte, dass ihr keine Hausschuhe mehr gepasst hatten. Auch wenn die Schicksale der Toten ganz unterschiedlich waren, der Tod hatte sie auf gespenstische Weise angeglichen. Die Körper und Gesichter wirkten wie aus erkaltetem Wachs geformt, blass, ohne echte Persönlichkeit. Eine Hülle nach der anderen ließ sie ratlos zurück, wie ihnen der Mensch wohl zu Lebzeiten begegnet wäre.
Katharina schien voll in ihrer Rolle aufzugehen. Sie stellte Fragen, die jeder Reporter auch gestellt hätte, und nahm schweigend, aber engagiert nickend die O-Töne ab. Dann zog der Mediziner eine untere Schublade auf und das blonde Opfer, das Piet nur allzu gut kannte, lag vor ihnen.

Erleichtert dankte Piet dem Universum, aber gleich darauf vergaß er seine Dankbarkeit wieder. Katharina zeigte bei dem Anblick des toten Mädchens keinerlei Reaktion. Sie beugte sich interessiert über die Leiche und setzte ihr Fragespiel fort.

Piet hatte das Gefühl, dass sein Gesicht trotz der niedrigen Raumtemperatur glühte. Sie hatten wieder falsch gelegen. Er meinte in Katharinas Gesicht ebenfalls Enttäuschung zu entdecken. Nachdem sie die meisten Schubladen geöffnet und die dazugehörigen Geschichten gehört hatten, lehnten sie das Angebot ihres Gastgebers sie weiterzuführen ab und verließen den Fachbereich. Katharina notierte sich auch noch die Kontaktdaten des Mediziners und versprach ihm zu mailen, wann das Radiofeature gesendet würde.

Als sie wieder in die wärmende Sonne hinaustraten, konnte Piet seine Enttäuschung nicht länger verbergen.

„Verdammt! Ich war mir so sicher! Es tut so mir leid, dass ich dich hier mit reingezogen habe. Ich habe wirklich gedacht…"

Niedergeschlagen und schuldbewusst sah er Katharina an. Sie holte bedächtig eine Sonnenbrille aus ihrer Tasche und setzte sie auf.

„Céline war die Leiche in Fach 14."

Ungläubig starrte Piet Katharina an. Erst als eine schmale Träne unter einem der Sonnengläser hervortrat und ihre ebenmäßige Wange hinunterlief, erfasste Piet die Bedeutung ihrer Aussage.

Für einen kurzen Moment blieb die Zeit stehen. Ein Mann und eine Frau mit Sonnenbrille standen nebeneinander auf dem Gehweg und warteten, dass sich die Zeiger ihrer inneren Uhr wieder in Gang setzten.
Von fern hörten sie ein dumpfes Grollen. In Sekundenschnelle bezog sich der Himmel und tauchte die Luft in bedrohliches Bleigrau. Als die ersten dicken Regentropfen dunkle Kreise auf dem Asphalt hinterließen, hasteten sie zu Katharinas Wagen.
In den weichen Ledersitzen des Jaguars mussten Piet und Katharina erstmal verschnaufen. Der Regen trommelte laut auf das Autodach. Katharina saß nur Zentimeter von Piet entfernt, der Regenguss umhüllte sie wie ein dramatischer Vorhang. Piet schossen Bilder durch den Kopf, wie er Katharina in den Arm nahm, und sich das Leder unter ihrer Hitze erwärmen würde. Er verscheuchte die Gedanken aus seinem Kopf und sah sie an.
„Alles okay?"
Katharina beobachtete die Regentropfen, die auf die Windschutzscheibe prasselten.
„Keine Sorge! Letzten Endes geht es mir besser als vorher. Die Ungewissheit war schlimmer."
Sie sah ihn an.
„Glaubst du, er hat die anderen vermissten Mädchen auch auf dem Gewissen?"
„Wenn wir Pech haben…Wir haben bloß noch keine Leichen dazu."

Sie schwiegen. Jeder sortierte seine Gedanken und versuchte, das Unfassbare zu fassen. Katharina schien sich wieder eingehend mit den Regentropfen zu beschäftigen.
„Woran ist Céline gestorben?“
„Herzversagen. Also, plötzlicher Herztod ohne begründbare Ursache. Sie schien nicht krank gewesen zu sein.“
Katharina nickte kaum merklich.
„Es gibt einen Schnüffelstoff, der aufs Herz geht, Poppers. Kleine, braune Fläschchen. Die habe ich bei mir auch. Es reduziert das Schmerzempfinden und macht hemmungsloser. Alles so flüchtig wie der Stoff selbst. Aber es kann gefährlich werden, wenn man es mit anderen Stimulanzien mischt. Alkohol, Kokain, sogar Koffein. Dann kann es das Herz überfordern...“
Piet vollendete Katharinas Satz.
„Und es ist im Blut nicht nachweisbar!“
Katharina nickte. Piet spürte förmlich wie die Atmosphäre im Autoinnenraum schwerer wurde. Sie war erfüllt von Katharinas Selbstvorwürfen.
„Céline wollte zu mir!“
„Katharina! Es ist nicht deine Schuld! Céline hätte überall etwas passieren können. Und… Ich denke, sie hat nicht gelitten.“
Katharina nickte, entschlossen Piet zu glauben.
„Aber wo sind dann die anderen Mädchen?“
„Wenn er bei deiner Nichte gemerkt hat, was ihm die ultimative Befriedigung verschafft, wird er sich von Tat zu Tat gesteigert haben. Das würde sich dann aber nicht mehr als

spurenlose Leiche präsentieren lassen. Schon das zweite Opfer hat er erwürgt. Außerdem kann man nicht endlos DNA fälschen. Irgendwann hätte man Rückschlüsse auf die Proben gezogen. Wenn die vermissten Mädchen tatsächlich auf Rademanns Konto gehen, wird er sie mittlerweile wahrscheinlich so weit von der Rechtsmedizin fern halten wie möglich."

„Was machen wir jetzt?"

„Ich ziehe Christian hinzu. Meinen Kollegen, der mich auf dem Laufenden hält."

„Gut! Ich benachrichtige meine Schwägerin."

Piet erstarrte. Er merkte, dass er so auf die Lösung des Falles fixiert gewesen war, dass er keinen Gedanken daran verschwendet hatte, welche Konsequenzen seine Art der Lösung haben könnte. Er suchte nach den richtigen Worten.

„Katharina! Ich weiß, das ist schwer. Aber es wäre einfach zu unsicher, wenn du deiner Schwägerin jetzt schon Bescheid geben würdest."

Katharina sah Piet ungläubig an.

„Wem soll Sabine denn davon erzählen? Sie weint sich jetzt seit Monaten die Augen aus! So kann sie sich wenigstens verabschieden."

„Nein, so kann sie sich eben nicht von ihrer Tochter verabschieden. Ich muss das Ganze erst in offizielle Bahnen lenken!"

Katharinas grüne Augen sprühten Funken.

"Und wie lange soll das bitteschön noch dauern?"

„Bitte! Lass mir etwas Zeit! Ich spreche mit Herbert. Ich melde mich!“
„Morgen?“
„Morgen! Aber wehe, du unternimmst etwas, bevor ich mich gemeldet habe!“
„Willst du mir drohen?“
Piet sah Katharina fest in die Augen.
„Ja! Wenn du dich nicht an unsere Abmachung hältst, werden die Beweise nichts wert sein! Und unser Wissen wird niemandem helfen! Niemandem! Hast du verstanden?!“
Von einer Sekunde auf die andere war Katharina ganz die Lady.
„Morgen Mittag! Um Ein Uhr! Bis dann!“
Ihr Ton war unmissverständlich. Ungehalten über den Rausschmiss sprang Piet aus dem Wagen. Kaum hatte er die Beifahrertür zugeschlagen, preschte der grüne Jaguar davon. So hatte er sich das erfolgreiche Ende ihrer Mission nicht vorgestellt.

15

Piet rannte durch den prasselnden Regen zu seinem Fahrrad. So schnell es bei der schlechten Sicht ging, fuhr er durch die überschwemmten Straßen zu einem Randbezirk vor den Toren der Stadt. Kaum lehnte er sein Rad an einen der praktischen Edelstahlzäune, hörte der Regen auf.

Als begossener Pudel stand Piet in einer Siedlung, die aussah, als hätte jemand die Kulisse einer Vorabendserie in den 3D-Drucker eingespeist und auf einer quadratischen Grundfläche ausgedruckt. Sofort bezugsfähige Glückseinheiten für die deutsche Kleinfamilie. Als Piet auf die Klingel mit dem getöpferten Schild drückte, die jedes Familienmitglied einzeln aufführte, fragte er sich, was mit ihm eigentlich nicht stimmte.

Die Tür öffnete sich und Christians kleine Tochter Greta stand vor ihm. Überrascht riss sie ihre Augen auf.

„Piet!"

Ihr Ausruf war so voller Freude und Begeisterung, dass Piet seine Rührung ganz schnell überspielen musste.

„Hey Greta! Alles klar bei dir? Ist Christian da?"

Greta wirbelte ihr Köpfchen herum, dass ihre entzückenden Locken in alle Richtungen sprangen und brüllte den Flur herunter.

„Papa!!"

Dann nahm Greta Piet an die Hand, legte sich in die Waagerechte und zog ihn hinter sich her.

Aus der Küche tauchte Irene auf, mit Schürze und Kochlöffel bewaffnet. Die Schürze schmeichelte ihren Rundungen ungemein. Irene hatte eine so wunderbar gütige und heitere Ausstrahlung, dass Piet sich jedes Mal an ihre Brust schmiegen wollte, um danach gemeinsam mit ihr über diese Anwandlung zu lachen.
„Piet! Was machst du denn hier? Mein Gott, du bist ja klitschnass! Ich hole dir ein Handtuch und etwas Trockenes zum Anziehen!“
„Hallo Irene! Ein Handtuch reicht!“
„Kommt gar nicht in Frage!“
Greta zog Piet unerbittlich weiter ins Wohnzimmer. Christian lag auf dem Sofa und löste Kreuzworträtsel.
„Piet? Was machst du denn hier?“
Gerade als Piet antworten wollte, kam Irene zu ihnen und reichte Piet einen alten Jogginganzug von Christian.
„Passt meinem Sofaprinzen nicht mehr!“
Christian lächelte seine Frau verliebt an.
„Deine Schuld! Was kochst du auch so gut!“
Greta hüpfte um sie herum und krähte fröhlich vor sich hin.
„Sofa-Pups-Prinz! Puups!! Prinz!“
„Danke! Dann kleide ich mich mal für euch ein!“
Irene nickte befriedigt.
„Hast du schon etwas gegessen? Heute gibt‘s Gulasch!“
„Mit Nuuudeln!“, ergänzte Greta.
„Nein, noch nicht.“
Irene steuerte sofort auf den Esstisch zu, um einen Teller mehr einzudecken.

Als Piet sich auf der Gästetoilette umzog und sich die Hände mit der rosa Herzchen-Seife wusch, wusste er, was mit ihm nicht stimmte. Sein Leben schien absolut nutzlos, weil er sich genau dieses Glück wünschte, es aber niemals aushalten würde.
Während Irene in der Küche werkelte, schenkte Christian sich und Piet ein Glas Wein ein.
„Okay. Was gibt's?"
„Jede Menge."
Piet erzählte von seiner Entdeckung mit Katharina. Als er geendet hatte, saß Christian vollkommen erschlagen da und starrte ungläubig auf sein Tischset, als ob dort Antworten statt Servietten parat lägen.
„Das! Ist! Du meine Güte! Rademann ist die rechtsmedizinische Koryphäe hier im Norden! Der Mann genießt einen tadellosen Ruf! Das glaubt uns kein Mensch! Ich glaube es ja selbst kaum. Das muss wirklich hieb- und stichfest sein!"
„Darum müssen wir es in offizielle Bahnen lenken."
Christian kniff seine Augen zusammen.
„Du meinst, ich soll es in offizielle Bahnen lenken!"
„Genau! Katharina wird mit dir kooperieren. Wir müssen es so hindrehen, dass du auf die Spur gekommen bist und Katharina gebeten hast, die Identifizierung mit dir vorzunehmen. Sie steht in den Startlöchern, um alles auf dem Dezernat zu Protokoll zu geben."
„Puh! Dann hätte ich gern ein Knopf von dir im Ohr! Ich muss das erst mal sacken lassen. Hast du schon mit Herbert gesprochen?"
Piet schüttelte den Kopf.

„Aber wir dürfen jetzt keine Zeit verlieren! Wenn die ganzen vermissten Mädchen tatsächlich auf Rademanns Konto gehen…“
Christian nickte.
„Ich weiß! Ich melde mich morgen als erstes bei Frau Jakob.“
„Versprochen?“
„Versprochen! Du hast dein Versprechen gehalten, jetzt bin ich dran.“
„Bis Ein Uhr mittags!“
„Was bis Ein Uhr mittags?“
„Bei ihr melden. Die Lady hat mir ein Ultimatum gestellt.“
Christian musterte Piet ungläubig. Piet grinste schief.
„Sie will unbedingt ihrer Schwägerin Bescheid geben! Ich melde mich aber auch noch mal bei ihr.“
Als Christian sich im Bett an seine Irene kuschelte, wünschte er sich, dass die aufregenden Momente im Leben nicht immer mit so viel Anstrengung verbunden wären.
Als Piet auf seinem Stammplatz bei Corni saß, wünschte er sich, endlich mal eine aufregende Frau kennenzulernen, die nicht so anstrengend war. Aber erfahrungsgemäß bedingte das eine das andere.

Am nächsten Morgen wurde Christian schon am Eingang des Dezernats von zwei Kollegen empfangen.
„110. Mutter und Kind. Die ältere Tochter hat die Leichen gefunden. Nachbarn haben einen Streit gehört und den Vater der Kinder vor dem Haus gesehen. Psychiatrischer

Notdienst ist da, aber Kozlowski wollte unbedingt, dass du mit hinfährst!“

Christian nickte ergeben. Er hasste diese Fälle. Und er hasste diese Täter. Wieder so ein narzisstisches Arschloch, das eine Trennung oder irgendeine andere Kränkung nicht verkraftet hatte. Hoffentlich hatte das Arschloch wenigstens die Eier für einen Suizid. Das würde ihnen Arbeit ersparen. Christian stieg mit den Kollegen in den Streifenwagen. Katharina musste warten.

Als Piet aus seinem unruhigen Schlaf hochschreckte, merkte er die gestrige Dosierung seiner homöopathischen Therapie und verfluchte sich, dass er vor dem Schlafengehen keine Kopfschmerztablette eingeworfen hatte. Den Restalkohol musste er mit Kaffee wegspülen. Sein Wecker fing an zu piepen. Er zeigte 12:45. Piet hatte ihn also gestern Nacht noch gestellt. Aber warum auf diese seltsame Uhrzeit? Siedend heiß stieg Piet der Grund wieder ins Bewusstsein: Katharinas Ultimatum. Beleidigte Frauen waren unberechenbar. Er wollte gar nicht erst wissen, wie beleidigte Dominas reagierten…

Piet fand sein Handy auf dem Zeitungsstapel neben seiner Toilette. Hektisch tippte er auf dem Touchscreen herum, was ihm selbiger natürlich übelnahm. Endlich lief der Verbindungsaufbau. Am anderen Ende meldete sich nur die Mailbox von Katharina. Er legte auf und rief Christian an. Auch Christian war vorübergehend nicht erreichbar.

Sabine war vom Sofa gerutscht, saß auf dem Teppich und hatte ihren Kopf auf den niedrigen Couchtisch gelegt. Katharina streichelte ihrer weinenden Schwägerin den Rücken. Erst als das Beben und Schluchzen langsam aufhörte, sammelte Katharina ihre Gedanken, um Sabine beizubringen, dass der Tod von Céline nun zwar feststand, die Leiche aber längst noch nicht der Familie gehörte. Sabine schaute hoch.
„Meinst du, ich soll Gerry zur Beerdigung einladen?"
„Schatz! Im Moment gibst du bitte noch keiner Menschenseele Bescheid!"
Ungläubig starrte Sabine ihre Schwägerin an.
„Wie meinst du das?"
Nachdem Katharina ihrer Schwägerin erklärt hatte, worum es ging, war sie selbst auch beschwichtigter. Sie würde Piet anrufen und sich bei ihm entschuldigen.

Als Katharina auf ihrem Rückweg an die letzte Wegkreuzung kam, blieb sie stehen, obwohl weit und breit kein Auto zu sehen war. Das unverschämte Privat-Schild, das den Zugang zu ihrer Lichtung verriegelte, brannte in ihrem Herzen. Der Wald und die kleine Lichtung waren ihre einzige Zuflucht gewesen. Das einzige Heile, das sie gerettet hatte. Seitdem sie durch das Verschwinden ihrer Nichte wieder in ihre Kindheit zurückgeschleudert worden war, sehnte sie sich innerlich nach einem Rettungsanker, irgendetwas oder irgendjemanden, der sie festhielt. Sie musste sich bei Piet entschuldigen. Aber jetzt blieb nur die Lichtung, und abermals bog Katharina in Richtung Kindheit ab.

Als die Familienvilla vor ihr auftauchte, schaute sie stoisch an ihr vorbei und nahm den Feldweg zu dem kleinen Wäldchen. Katharina parkte direkt vor dem Holzgatter und stieg aus. Die Landluft atmete noch den schweren Duft der vergangenen Regengüsse. Sie ging auf das penetrante Hinweisschild zu, das verlangte von ihr ignoriert zu werden. Sie wollte ihre Lichtung sehen und wenn es nur dieses eine, letzte Mal war. Sie wollte sehen, ob sie noch so existierte wie in ihrer Erinnerung. Katharina raffte ihren langen Mantel hoch und steckte ihn hinter dem Gürtel fest. Dann kletterte sie über das bemooste Gatter und sprang auf die andere Seite.

In dem kleinen Wäldchen umfing sie sofort Stille. Die Tannennadeln bildeten unter den Bäumen ein einladend weiches Polster. Ihre Zweige überwucherten den schmalen Pfad so, dass Katharina leicht gebückt gehen musste. Der harzige Geruch der Bäume, die schwere Luft und das dämmrige Licht machten sie ein wenig benommen. Die Atmosphäre war bedrohlich und anheimelnd zugleich. Doch schon bald funkelte die Sonne wieder zwischen den Baumreihen hervor. Katharina näherte sich der Lichtung.

Als sie ins Helle trat, spürte sie ein kindliches Glücksgefühl. Die kleine Wiese schien nur auf sie gewartet zu haben. Mit ausgebreiteten Armen lief Katharina zur Mitte und drehte sich im Kreis. Als sie atemlos stehen blieb, fiel ihr etwas Seltsames auf. Die eine Hälfte der Wiese erschien kariert. Katharina sah genauer hin. Das Grün hatte rechteckige Flecken, die fast so etwas wie ein Muster ergaben. Jemand hatte Grassoden ausgestochen und dann wieder in die Wiese gelegt. Wozu? Katharina näherte sich einem der Flecken und kniete nieder. Das Rechteck maß in der Länge knapp einen Meter. Auf der ausgestochenen Sode war das Gras etwas kürzer als auf der Wiese, so ergab sich die Musterung. Katharina betastete das Rechteck, entdeckte den erdigen Rand und griff darunter. Mit Mühen schaffte sie es, die schwere Sode an einer Ecke hochzurollen und erstarrte. In dem Erdloch lag zusammengekauert ein junges Mädchen. Blonde Haare, knospende Brüste, vielleicht vierzehn, fünfzehn Jahre alt. Die Augenhöhlen und alle anderen Körperöffnungen waren bereits von Ungeziefer besetzt. Im Gegensatz dazu wirkte die Haut noch glatt und unversehrt.

Katharina blickte über das Feld der Rechtecke und spürte wie ihr Kreislauf zusammensackte. Mit zitternden Händen fingerte sie nach ihrem Smartphone und tippte auf Piets Namen.

„Katharina!! Wo steckst du?“

„Ich bin zu Hause...“

Piet hörte sofort, dass etwas nicht stimmte.

„Wo zu Hause? Was ist los?“

„Ich habe sie gefunden. Die Mädchen…“

Katharina zuckte erschrocken zusammen. Eine Hand legte sich auf ihre Schulter. Sie hörte eine angenehm männliche Stimme, die ihr in diesem Moment einen eiskalten Schauer über den Rücken jagte.

„Lady Despina! Wie schade, dass wir uns hier wiedersehen! Ich hätte mir einen besseren Ort für uns beide gewünscht."

Katharina drehte sich um und erblickte Rademann. Der Rechtsmediziner lächelte Katharina milde an und schlug zu.

Piet rief Katharinas Namen. Doch alles, was er hörte, waren ein dumpfes Geräusch und ein Rascheln. Dann war die Leitung tot.

16

Piet stand vor dem Tor zu Katharinas Studio und klingelte Sturm. Keine Antwort. Als er bei den Firmen im Haus klingelte, bekam er durch die Gegensprechanlage die einhellige Auskunft, dass Katharina Jakob nicht da sei. Eine Sekretärin wusste zu berichten, dass der Jaguar von Frau Jakob nicht auf seinem Stellplatz war.

‚Zu Hause' war also nicht ihre Wohnung, sondern ihre Heimat. Piet schüttelte grimmig den Kopf. Natürlich war Katharina zu ihrer Schwägerin gefahren, als der versprochene Anruf nicht sofort kam! Piet versuchte es wieder bei Christian. Diesmal ging er ran.

„Piet! Schlechter Zeitpunkt."

„Ich glaube, Katharina hat die Leichen gefunden!"

„Was?!"

„Sie hat gesagt, sie sei zu Hause und habe die Mädchen gefunden. Dann war die Leitung tot!"

„Mehr nicht?"

„Was heißt hier mehr nicht!? Wir müssen sofort eine Fahndung einleiten!"

„Wir? Piet! Jetzt mal Klartext! Ich habe hier eine Fünfjährige: Teddy im Arm, Kopf halb weg. Daneben ihre zerfetzte Mutter. Die vierzehnjährige Schwester hat die beiden gefunden. Wahrscheinlich war es der Vater. Wir brauchen jeden Kollegen für diese Fahndung! Wenn du nicht mehr hast, muss deine Domina warten!"

„Christian, ich weiß! Es tut mir leid. Aber sie wurde unterbrochen und ich glaube…"
„Das ist es: Du glaubst! Glaub, was du willst, Piet. Aber ich habe keine Handhabe! Tut mir leid!"
Piet legte auf. Wütend, ratlos, panisch.

Es war stockdunkel, doch Katharina wusste genau, wo sie war. Der dumpfe, faulige Geruch von feuchtem Mauerwerk, die modrige Luft, die mit kalten Fingern nach ihr griff, die Stille, in der man das Trippeln der Ratten hören konnte. Katharina versuchte verzweifelt aus dem Albtraum aufzuwachen, aber sie war hellwach. Und die Fesseln, die sie auf einem harten Stuhl fixierten, waren echt.
Ihr Vater hatte sie nie festgebunden. Er hatte sie einfach in dieses Loch gesperrt und ihrem Schicksal überlassen. Katharina sah das kleine Mädchen vor sich, das damals alles ertragen hatte und bettelte sie an, ihr etwas von den alten Fähigkeiten zurückzugeben. Zieh dich zurück! An die Stelle, wo dir nichts mehr weh tut. Dein Körper ist hier, aber du bist ganz woanders. Nicht weinen. Nicht zittern. Fest werden! Solange sie allein war, hatte die Dunkelheit keinen Anfang und kein Ende...
Schräg über ihr öffnete sich die Kellertür mit dem altbekannten Knarren, als ob das Böse all die Jahre vergessen hätte, die Scharniere zu ölen. Katharina hörte das Ächzen der ersten Treppenstufe und ein leises Klicken. Sie schloss ihre Augen und fühlte mit jeder Pore, wie sie von gleißendem Licht überschwemmt wurde.

„Mylady!“

Rademann kam mit großer Geste die hölzerne Kellertreppe herunter. Katharina blinzelte angestrengt, bis ihre Augen das grelle Licht von zwei großen OP-Lampen ertragen konnten. Die Seite des Kellers, in der Katharina saß, sah genauso aus wie früher. Ein dunkles Gewölbe, das direkt aus dem Felsen geschlagen worden war. Doch die hintere Hälfte erstrahlte in klinischem Weiß. Wie eine gigantische Puppenstube war ein gekacheltes Viereck in das dunkle Erdloch gesetzt worden. Katharina versuchte die Puppenstube professionell zu betrachten. Rademanns Spielzeuge waren ein Seziertisch mit Auffangwanne für Blut, Schweiß und andere Flüssigkeiten. Es gab keine Spielzeuge, nur einen Metalltisch voll blitzender Sektionsinstrumente. Skalpelle, Scheren, Klammern, Pinzetten in allen Variationen und Größen, sowie eine Knochensäge und einen Hammer. Aber das war bei Weitem nicht das Beeindruckendste. Ihr gegenüber, auf der dunklen Seite, standen Regale, in denen eine Sammlung großer Gläser beleuchtet wurde. In jedem Glas schwamm ein Organ. Herz, Gehirn, Gedärme – Katharina konnte nicht alle bestimmen, aber dass die Organe menschlichen Ursprungs waren, musste ihr niemand erklären.

„Wie gefällt Ihnen meine Sammlung?“

Rademann trug einen schwarz glänzenden Latexoverall und darüber einen weißen OP-Kittel, passend zu seiner Inszenierung in Schwarz-Weiß. Eine Pornografie des Ying und Yang. In Katharina regte sich Wut. Das war absolut

nicht das, was sie als letzte Erinnerung mitnehmen wollte.
„Sehr schön! Subtile Beleuchtung!"
Rademann ging amüsiert lächelnd einen Schritt auf seine Trophäen zu.
„Nicht wahr? Es umschmeichelt sie!"
Liebevoll strich er über eines der Gläser.
„Werte Kollegin! Wie fühlen Sie sich? Ich hoffe, der Stuhl entspricht Ihnen? Ich habe mich immer gewundert, dass Sie dieses einfache Möbel so gern für ihre Spiele benutzt haben..."
Katharina schluckte.
„Ich würde es vorziehen, wenn Sie mich nicht mehr als Ihre Kollegin bezeichnen würden!"
„Ich bitte Sie! Nur weil Sie mir ausgeliefert sind, haben Sie doch nicht Ihr Fach gewechselt! Ich habe Sie immer bewundert, als Frau und als Lady. Wenn wir nicht beide auf derselben Seite stünden…"
„Wir stehen nicht auf derselben Seite! Sie sind ein Psychopath und Mörder. Das auch nur in die Nähe meiner Dominanz zu rücken, ist eine Unverschämtheit!"
Rademann ging zu dem Metalltisch und befingerte nachdenklich die Skalpelle. Katharina konnte in seinen Gesichtszügen keinerlei Anspannung erkennen. Sie waren wie immer von Arroganz bestimmt, die er durch ein spöttisches Lächeln unterstrich. Seine Augen blitzten erbarmungslos klar durch seine randlose Brille.
„Schade! Ich dachte, Sie besäßen dieselbe Konsequenz wie ich!"

Rademann hob eine der funkelnden Klingen hoch und schüttelte bedauernd den Kopf.
„Es tut mir aufrichtig leid, dass wir uns auf meinem Friedhof getroffen haben. Was hat Sie um Himmels Willen hierhergeführt?"
Katharina biss die Zähne zusammen. Die Antwort würde für ihren Peiniger den totalen Triumph bedeuten. Rademann als Herr über ihre schönsten und schrecklichsten Kindheitserinnerungen. Katharina versuchte aus ihrem sirrenden Inneren irgendeine Frage zu angeln, die ihn weiter im Gespräch hielt.
„Warum haben Sie die Mädchen dort beerdigt?"
„Weil Mutter Natur immer noch den besten Job macht! Die guten Calliphoridae! Ohne die Schmeißfliegen, die uns zahlenmäßig weit überlegen sind, würde hier auf Erden nichts, aber auch rein gar nichts seinen großen Kreislauf beenden können! Immer wieder belustigend, wie wichtig sich der Mensch nimmt. Gäbe es diese kleinen Tierchen nicht, würden sämtliche Städte in kürzester Zeit in ihrem eigenen Kot ersticken. Und warum würden sie das? Weil nur die Schmeißfliegen für die Zersetzung der toten Ratten sorgen, die ansonsten unsere Kanalisation verstopfen würden. Denn auch diese intelligenten Nager sind uns zahlenmäßig weit überlegen!"
Rademann amüsierte sich königlich. Katharina hatte plötzlich das Gefühl, das Kribbeln an ihren tauben Fußgelenken würde nicht durch die Fesseln, sondern durch Ratten hervorgerufen, die mit ihren Barthaaren um ihre Beine strichen.

Rademann legte die Skalpelle weg. Er nahm eine Kanüle und eine Metallwanne zur Hand und kam zu ihr herüber.
„Mich hat die Medizin immer mehr interessiert als der Mensch. Schon als kleiner Junge habe ich Fliegen seziert, die sich in meiner Milch zu Tode zappelten. Die Anatomie, wie etwas funktioniert und zusammenhängt, das ist die eine Sache. Aber den einen, großen Zusammenhang zu erforschen, das war mein eigentlicher Antrieb. Wir können mittlerweile in alles hineinpfuschen, von der Geburt bis zur Bahre. Aber an der Bahre selbst stehen wir dann und sind machtlos. Nur der Tod entzieht sich unserer Kontrolle und ist dennoch sicherer als alles, was der Mensch schaffen kann. Er ist der Einzige, der uns wahrhaft demütig macht. Ich verbeuge mich schon mein Leben lang vor ihm."
„Ihre Opfer sind also nichts weiter als zappelnde Fliegen in einem Milchglas?"
Rademann blieb vor Katharina stehen und sah sie enttäuscht an.
„Nicht doch! Ich habe eine große Verantwortung! Ich gebe den Menschen Gewissheit! Aber wer gibt sie mir? Ich stehe Tag für Tag an der Stelle, die mir sagt, die allerletzte Gewissheit gibt es nicht. Ich habe tausende von Hüllen seziert, ich habe immer die Todesursache belegen können. Und dann? Ich kann einen Körper öffnen, in ihm lesen, aber was hat ihn bewegt?"
Katharina sah die Kühlfächer aus der Rechtsmedizin vor sich. Genau das hatte sie dort empfunden. Ihr waren keine

Verstorbenen begegnet, nur menschenähnliche Kokons. Selbst die Hülle ihrer Nichte hatte vollkommen fremd und bedeutungslos gewirkt.
Rademann zog aus dem Dunkel einen Hocker heran, setzte sich neben Katharina und legte die Wanne mit der Kanüle auf seinen Schoß. Katharina sah die Punktionsnadel und spürte nur noch blanke Panik. Hinter ihrem Rücken versuchte sie verzweifelt herauszufinden, welchen Knoten Rademann benutzt hatte. Während sie an den Fesseln fingerte, sinnierte Rademann weiter.
„Ich finde es mehr als amüsant, dass wir Rechtsmediziner mittlerweile die Helden der Medien sind! Aber unsere Welt verlässt sich nach wie vor auf Technik und Wissenschaft. Nur so ist der Nimbus unseres Berufsstandes zu erklären. Dabei machen wir genauso viele Fehler wie andere auch. Wir sind Langweiler, Sadisten, Familienväter, der ganz normale Durchschnitt der Bevölkerung. Aber wir zählen zu den Halbgöttern in Weiß. Und Sie?"
Er schaute Katharina aufrichtig empört an.
„Sie sind als Domina nicht nur im ältesten Gewerbe der Menschheit tätig, nein! Sie sind Regisseurin, Schauspielerin, Psychologin, Krankenschwester, Beichtmutter, Femme Fatale. Einfach alles, was sich die verschiedensten Charaktere von Ihnen wünschen. Und wer dankt es Ihnen? Wir sind in unseren Ansichten doch immer noch erschreckend altmodisch!"
Katharina widerstrebte Rademanns Parteinahme.
„Ihr erstes Opfer war meine Nichte!"
„Erstes Opfer?"

Rademann schien zu überlegen.
„Céline Jakob! Das Mädchen, das immer noch in Ihrem Kühlraum liegt!“
„Ah! Das Mädchen war Ihre Nichte?! Das ist ja unglaublich!“
Rademann strahlte wie ein kleiner Junge, dem man gerade sein größtes Weihnachtsgeschenk überreicht hatte.
„Sie war wirklich inspirierend! Unersättlich, die Kleine! Lebenshungrig im wahrsten Sinne des Wortes! Ich denke, die Poppers waren bei dem Cocktail, den sie schon intus hatte, ein bisschen viel für ihr kleines Herz.“
Rademann beugte sich zu ihr herüber.
„Ich habe immer eine tiefe Verbindung zu Ihnen gespürt, Katharina. Es kann kein Zufall sein, dass Ihre Nichte Céline mir den Weg gewiesen hat! Und es ist sicherlich auch kein Zufall, dass wir uns hier wiedersehen...“
Katharina versuchte sich dagegen zu wehren, dass es tatsächlich Bestimmung war, die sie nach all den Jahren in ihr Elternhaus und in die Hände eines Mannes geführt hatte, der die Persönlichkeit ihres Vaters mit ihrer eigenen Profession verband. Die perfekte Nemesis. Katharina stemmte sich mit aller Kraft gegen aufkeimende Gefühle, die sie zur Selbstaufgabe zwingen wollten. Sie wusste, dass Rademanns Gehirn nur Emotionen erzeugte, die sich auf ihn selbst bezogen. Seine menschliche Hülle würde er in dem Moment abstreifen, in dem er anfing sie zu quälen und es zu genießen. Aber vielleicht gab es doch noch eine winzige Hoffnung für sie.

Piet beugte sich tiefer über den Lenker und raste auf dem leeren Radweg, der schnurgerade neben der Landstraße verlief, nach Kirchweyhe. Der Wind und die Geschwindigkeit zerrten an ihm. Jeder Kilometerstein wurde zu einer überlebenswichtigen Marke. Er hatte nur die Adresse von Katharinas Schwägerin. Sonst nichts. Katharina war dort gewesen, schon vor ein paar Stunden. Bald würde es dunkel werden. Piet sah den nächsten Kilometerstein. Es konnte nicht mehr weit sein. Es durfte nicht mehr weit sein.

Katharina lächelte verschwörerisch.
„Ich muss zugeben, auch ich habe Sie immer bewundert! Zur Dominanz gehören Intelligenz und Kreativität. Sie besitzen beides! Unsere Gespräche waren immer äußerst anregend und wertvoll für mich."
Rademann lächelte.
„Sehen Sie! Wir sind uns doch gar nicht so unähnlich! Als gebildete, kultivierte Person stimmen Sie sicherlich mit mir überein: Unsere Gesellschaft ist vollkommen degeneriert! Der Mensch ist erschreckend schwach geworden. Es gibt keine Kultur des Schmerzes mehr. Alles ist auf Vermeidung und Verdrängung ausgelegt. So verdummt der Mensch zusehends. Vieh! Reines Vieh! Betäubt durch Konsum und Selbstbespiegelung."
Katharina fischte den nächstliegenden Gedanken aus ihren überreizten Hirnwindungen.
„Verdrängung ist konstitutiv. Würde der Mensch nicht

verdrängen, würde er seelisch nicht überleben."
„Stimmt. Aber Verdrängung ist auch sagenhaft bequem, das heißt – ängstlich und faul."
Rademann zeigte zum Regal.
„Diese jungen Frauen waren alle auf dem Weg zur Verschwendung ihres Lebens!"
Katharina streckte sich unter ihren Fesseln so gut es ging.
„Nichtsdestotrotz: Jeder Mensch verdrängt. Also, auch Sie!"
Rademann schnaufte verächtlich.
„Du meine Güte! Das versuchen Sie nicht wirklich! Ich hatte keine Kindheit, die mir als Entschuldigung dienen kann und allen, die mich verabscheuen, plötzlich verständnisvolle Tränen in die Augen treibt! Vergessen Sie das! Psychopathen gibt es überall. Wissen Sie, was uns auszeichnet?"
Katharina antwortete ohne zu zögern.
„Kontrollzwang, Machthunger und der Mangel an Empathie."
„Und? Wozu ist das gut? Vor allem dazu, in unserer Gesellschaft an die Spitze zu kommen. Politiker, Wirtschaftsbosse, Künstler – unsere Gesellschaftsstruktur ist per se psychopathisch. Wir begegnen ständig Psychopathen. Die Psychopathie ist gesellschaftlicher Konsens! Genauso wie die Erwartung, dass man sie nicht auslebt. Es fehlt die letzte Konsequenz! Die Verlogenheit unserer Gesellschaft widert mich dermaßen an, ich kann Ihnen gar nicht sagen wie sehr!"

Katharina schossen unendlich viele Entgegnungen durch den Kopf, doch Rademann würde sie alle auf seine Art parieren. Er schaute Katharina prüfend an. Sein Gesichtsausdruck war unverändert freundlich und amüsiert.
„Außerdem kann ich Ihre Gefühle durchaus nachvollziehen! Sie haben nur keinerlei Bedeutung für mich."
Rademann nahm das Aderlass-Besteck aus der Wanne.
„Ich werde Ihnen jetzt ein bis zwei Liter Blut abnehmen. Danach werden Sie Wachs in meinen Händen sein."

Als Piet sich endlich zu dem Haus von Katharinas Schwägerin durchgefragt hatte, dämmerte es bereits. Er ließ sein Fahrrad einfach vor der Tür fallen und klingelte. Sabine Jakob öffnete und erschrak beim Anblick des gehetzten Fremden, der schwer atmend vor ihrer Tür stand. Als Piet so knapp wie möglich erklärt hatte, worum es ging, erschrak sie noch mehr.
„Ich weiß nicht, wo Katharina ist! Sie ist gegen Mittag weggefahren!"
„Sie hat gesagt, sie sei zu Hause! Kurz danach war die Leitung tot. Sie muss hier irgendwo sein!"
„Zu Hause kann eigentlich nur noch die Villa sein."
„Die Villa?"
„Ihr Elternhaus. Sie hat sich auch die ganze Zeit über das Privat-Schild am Gatter aufgeregt."
Piet versuchte irgendwie Geduld zu bewahren, um die aufgewühlte Schwägerin nicht noch mehr durcheinander zu bringen. Er sprach so langsam und eindringlich, wie es

ihm in seiner eigenen Aufregung möglich war.
„Welches Privatschild? Welche Villa? Wo genau?!“
Sabine Jakob schüttelte überfordert den Kopf.
„Hier links runter, dann… Ich kann Wege nicht gut beschreiben! Kommen Sie!“
Sie zog Piet von der Haustreppe in den Flur und zeigte auf eine Karte der Umgebung, die im Eingangsbereich hing.
„Da! Hier sind wir! Da ist die Villa! Da ist die Lichtung mit dem Schild! Höchstens fünf Minuten von hier!“
Piet streckte seine Hand aus.
„Darf ich?“
Sabine nickte. Piet riss die Karte von der Wand und stürmte aus dem Haus.

Den Einstich in ihre linke Vene spürte Katharina kaum. Pures Adrenalin raste durch ihre Adern. Sie flehte das kleine Mädchen in ihrem Inneren an, ihr endlich zu helfen. Ruhig und gleichmäßig rann ihr Blut in die Metallwanne.
„Wenn die Wanne halb voll ist, werden Sie merken, wie Ihr Puls sich bis an die Schmerzgrenze beschleunigt. Danach werden Ihre Atmung und Ihr Puls flacher. Arme, Beine, Sie werden nichts mehr spüren. Kurz bevor Sie ohnmächtig werden, werde ich den Blutfluss stoppen. Ich will, dass Sie für den großen Moment noch bei Bewusstsein sind!“
Rademanns Augen strahlten. Katharina hätte gern einen kalten, irren Glanz in ihnen gesehen, aber das wahrhaft Erschreckende war, dass sie voll aufrichtiger Begeisterung waren.

„Sie können sich gar nicht vorstellen, wie sehr es mich jedes Mal ergreift! Dieser Hauch Unendlichkeit, wenn ich in die Augen der Sterbenden schaue und die Panik eines verlassenen Kindes sich plötzlich in dieses Loslassen, diese weiche, große Erleichterung vom Leben verwandelt!"
Rademann kam ganz dicht an ihr Gesicht heran. Katharina konnte seinen Atem spüren.
„Nicht umsonst bezeichnen die Franzosen den Orgasmus als ‚Petit Mort', den kleinen Tod. So muss es sein, in diesem Moment der vollkommenen Hingabe!"
Rademann legte freundschaftlich seine Hand auf Katharinas Schenkel.
„Werte Kollegin, ich gebe es zu! Auch ich verdränge! Genauso wie Sie! Wir brauchen die Dominanz, die absolute Kontrolle, um unsere Ängste zu beherrschen. Hingabe werden wir in unserem Leben nie erreichen. Aber im Tod, in diesem klitzekleinen Moment, werden auch wir dort ankommen. Sie nun ein wenig früher als ich."
Katharina wusste, dass sie verloren hatte. Kälte breitete sich in ihr aus. Verzweifelt rang sie nach Luft. Rademanns Stimme entfernte sich von ihr. Nur noch halb bei Bewusstsein hörte Katharina auf einmal eine helle Stimme. Sie klang wie das Zwitschern eines Vögelchens, das sich in eine tiefe Höhle verirrt hatte.
„Lady Despina gehört nicht dazu! Man wird sie vermissen!"
„Ich weiß, mein Engel. Aber alles, was ich tue, tue ich für uns. Zweifelst du daran?"
„Nein, Meister, nein..."

Das letzte Nein wurde übertönt von Katharinas rasendem Herzschlag.

Piet stand vor der herrschaftlichen Villa. Er zögerte. Sollte er erst zum Haus oder erst zur Lichtung? In der Villa war alles dunkel. Kein Fenster war erleuchtet, obwohl man in diesem Zwielicht längst das Licht eingeschaltet hätte. Bevor das Gespräch mit Katharina abbrach, erinnerte er ein Rascheln. Von Gras oder Heu. Er entschied sich für das Waldstück und nahm den Feldweg, der an der Villa vorbeiführte.

Katharina merkte nicht mehr, wie Rademann die Kanüle entfernte. Er löste ihre Fesseln, trug sie zum Sektionstisch und legte sie dort ab. Dann stellte er klassische Musik an und begann mitzusingen.
„Komm süßer Tod, komm selge Ruh!"
Langsam, fast andächtig entkleidete er Katharina. Er öffnete ihre Bluse und durchtrennte ihren Rock mit einer Schere bis Katharina umkränzt von ihrer Kleidung vor ihm lag. Er strich mit seinen Fingern über ihre Haut. Katharina war zu schwach und zu benommen, um sich zu rühren. Ein letztes Mal flehte sie ihr inneres Kind um Hilfe an, doch es ließ sie im Stich.

Piet war zur Villa zurückgekehrt. Er warf sein Rennrad hin, sprintete keuchend die Freitreppe hoch und rüttelte an dem Portal. Die schweren Eichentüren rührten sich keinen

Zentimeter. Er machte auf dem Absatz kehrt und rannte um die Villa herum.
An der rechten Seite, etwas weiter hinten, gab es eine alte Kohlenluke. Piet trat das morsche Holz der Abdeckung ein und quetschte sich durch den schmalen Spalt. Er fiel tief und kam unsanft auf. Es roch modrig und es war stockdunkel. Piet lauschte angestrengt. Die Schwärze um ihn herum half ihm, sich auf sein Gehör zu konzentrieren. Von weit weg hörte er Musik. Mit ausgestreckten Händen tastete er sich an kühlen Steinwänden entlang. Die Musik wurde lauter. Endlich hellte sich die Finsternis etwas auf. Piet konnte große, alte Weinfässer und ein gemauertes Gewölbe erkennen. Das Licht kam aus einem Gang neben den Fässern, die klassische Musik ebenfalls. Eine einfache, getragene Orgelmelodie. Piet schob sich an die Wand gedrückt in Richtung Licht und erkannte neben sich eine Holzstiege. In ihrem Schutz sah er einen weißen Kachelraum, dessen Helligkeit ihn im ersten Moment blendete. Dann sah er Katharina, die auf einem stählernen Sektionstisch lag. Rademann stand direkt vor ihr, vollkommen in schwarzem Latex. Piet konnte nur seine hypnotische Stimme hören.
„Wahrheit ist nur da, wo der Tod ist! Ist das Leben der Traum des verdrängenden Subjekts, so ist der Tod sein Erwachen daraus. Sie werden mir dankbar sein, dass ich Sie aus diesem Selbstbetrug erlöst habe! Ich hoffe, mir wird zur rechten Zeit auch jemand diesen Gefallen erweisen."

Gesang setzte ein. Piet meinte Johann Sebastian Bach zu erkennen. Dieses prätentiöse Kirchengedudel hatte er immer gehasst.
Rademann beugte sich über Katharina und griff nach ihrer Kehle. Piet überlegte keine Sekunde länger, hechtete aus seinem Versteck und stürzte sich auf ihn. Zusammen fielen sie auf Katharinas Körper. Sie lag da wie tot.
Rademann bäumte sich auf. Er wand sich aus Piets Griff und drehte sich um. Piet war vollkommen überrumpelt von der Kraft des zierlichen Mannes. Rademann funkelte ihn an. Piet war zu geschockt, um sich sofort verteidigen zu können. Rademann, der kühle, immer charmante, immer distanzierte Rechtsmediziner existierte nicht mehr. In vollkommen entgleisten Gesichtszügen glühten ein Paar Augen, aus denen Hass und Vernichtung hervorschossen. Piet versuchte den tobenden Rechtsmediziner an der Gurgel zu packen, aber er konnte keine Hand von dem vor Wut berstenden Körper lösen. Sie taumelten, rammten den Seziertisch und rissen sich zu Boden. Mit lautem Scheppern folgte das Tablett mit den Sektions-Instrumenten. Endlich bekam Piet Rademanns Hals zu fassen und wusste einen brennenden Stich später warum. Rademann hatte ihn losgelassen, um nach dem nächstbesten Skalpell zu greifen, das auf dem Boden lag. Piet merkte, wie etwas Warmes seinen Hals hinunterrann. Sein Blut. Er konnte gerade noch die herunter schnellende Hand Rademanns stoppen, die ihm den nächsten Hieb versetzen wollte. Mit letzter Kraft zog Piet seine Knie an und katapultierte den

Berserker von sich. Rademann hatte Piet nicht losgelassen und riss ihn mit. Jetzt war Piet über ihm, setzte sein ganzes Gewicht ein und drückte den tobenden Gegner zu Boden. Gefährlich blitzte das Skalpell in seinen Augenwinkeln. Plötzlich ließ Piet los und wich nach hinten aus. Die Klinge zischte an seinem Gesicht vorbei. Rademann entfuhr das hysterische Kreischen eines wütenden Schimpansen. Gerade als er seinen Oberkörper aufrichtete, um wieder an Piet heranzukommen, griff Piet nach einer Schere und rammte sie Rademann mit aller Wucht in den Unterleib. Rademann schrie und schaute überrascht auf die Schere in seinem Bauch. Piet rappelte sich hastig auf. Rademann versuchte es ihm nachzutun, doch er konnte sich nicht mehr aufrichten. Das Blut quoll aus seinen Eingeweiden. Ein breites, rotes Rinnsal lief über die Kacheln und nahm Rademanns Kraft mit.

Piet zog sich am Sektionstisch hoch. Katharina lag immer noch vollkommen regungslos da. Piet stiegen Tränen in die Augen.

„Katharina?"

Er schüttelte sie. Nichts. Er sah das Blut in der Wanne. Das Blut an seinen Händen. Überall war Blut.

„Katharina?!"

Er wollte Katharinas Puls prüfen, da hörte er hinter seinem Rücken ein Röcheln. Bevor Piet reagieren konnte, spürte er eine Kralle an seinem Fußgelenk. Rademann versuchte sich an seinem Bein hochzuziehen. Piet holte aus und schlug mit aller Macht zu.

Erst als Rademann regungslos am Boden lag, wurde Piet bewusst, mit was er zugeschlagen hatte. Es war der Hammer, mit dem man das Schädeldach zur Sektion abtrennte. Piet ließ den Hammer fallen und prüfte den Puls an Katharinas Halsschlagader. Er konnte nichts fühlen. Aus ihm brach es heraus. Er schrie Katharinas Namen und schlug ihr ins Gesicht. Nichts.
Zitternd fingerte Piet sein Handy hervor. Tränen und Blut verschmierten das Display, das vollkommen stillhielt. Kein Empfang.

17

Erschlagen von dem Tag saß Christian an seinem Schreibtisch. Das Familiendrama hatte ihn schwer mitgenommen. Zwischen den Leichen ihrer Mutter und ihrer Schwester hatte die vierzehnjährige Tochter, die zur Tatzeit bei Freunden gewesen war, Auskunft gegeben und den Beamten Kaffee angeboten. Dieser Moment war für Christian der Schlimmste gewesen. Er hatte das traumatisierte Geschöpf, das sich benahm als wäre nichts geschehen, aus dem Raum geschoben und für den Polizeipsychologen Kaffee kochen lassen.
Christian betrachtete die Fotos der SpuSi und hasste die Welt. Dann griff er zum Hörer. Er musste die Stimmen von Irene und Greta hören. Im selben Moment klingelte sein Handy. Christian ging sofort ran.
„Piet?"
Christian hatte Mühe Piets Stimme zu erkennen. So aufgelöst hatte er ihn noch nie gehört.
„Piet! Du rührst dich nicht von der Stelle! Wir kommen!"

Es war ein ungemütlicher Morgen. Kalter Wind fegte über die Freitreppe. Piet zog die goldene Rettungsdecke enger um seine Schultern. Ihr Knistern war das einzige Geräusch, das er wahrnahm. Alles andere erschien ihm stumm. Die sich drehenden Blaulichter des Krankenwagens, das hektische Treiben der Rettungssanitäter, das

Einladen des Zinksargs in den Leichenwagen, die Gespräche der Beamten.

Piet hatte Rademann den gewünschten Gefallen getan. Für den Rechtsmediziner war nun kein Selbstbetrug mehr möglich. Katharina wurde in den Krankenwagen gehoben. Auf ihrer blassen Haut sah man noch die blutigen Fingerabdrücke von Piets Ohrfeigen.

Als Piet nach seinem Notruf zu ihrem regungslosen Körper zurückgekehrt war, hatte er sie umarmt und sein Gesicht an ihre Brust geschmiegt. Da hatte er es gehört. Leise, ganz leise, aber es hatte geschlagen. Katharinas Herz schlug für ihn.

Im Pulk der Menschen sah er Christian, der die Teams koordinierte. In einem der Teams erkannte er Betty. Als die ersten Einsatzwagen mit Christian ankamen, hatte Piet ihm von Katharinas Leichenfund erzählen können, und dass es etwas mit dem Waldstück zu tun haben musste. Betty war in der Mannschaft, die das Gebiet durchkämmen sollte. Sie sah zu ihm herüber. Ihr Blick sprach Bände. Wenn sie gekonnt hätte, wäre sie zu ihm herübergekommen und hätte ihm eine geknallt, um ihn danach in die Arme zu nehmen. Mit der Ohrfeige hätte Piet sich gut abfinden können. Betty drehte sich von ihm weg. Feige wie er war, hoffte Piet, dass das herzensgute Ding sich nie wieder nach ihm umdrehen würde.

Piet war so erschöpft, dass er einfach nur dasaß und wartete, dass irgendjemand ihn bewegte. Selbst als der Krankentransport mit Katharina das Grundstück verließ, konnte er

nur müde hoffen, dass die Rettungssanitäter rechtzeitig da gewesen waren.
Piet sah sich wieder mit erhobenem Handy durch scheinbar endlose Räume rennen, bis sich endlich etwas auf dem verdammten Display geregt hatte. Plötzlich fiel ihm ein, dass er etwas Helles wahrgenommen hatte, das an ihm vorbeigehuscht war. Blonde Haare. Als sein Handy endlich Empfang anzeigte, hatte er seine blutigen Hände an der Jeans abgewischt und so ruhig wie möglich auf die rettende Nummer getippt. Da hatte er das Zufallen der großen Tür gehört. Tabea Harms. Langsam kroch die Gewissheit in Piets taubes Gehirn. Sie war in der Villa gewesen und geflohen.
Piet bekam von den Sanitätern etwas zu trinken gereicht und nahm es dankbar an. Sein Rad wurde in einen vakanten Mannschaftswagen geladen und er kletterte hinterher.
Allein auf den Bänken, die zu beiden Seiten des Transporters angebracht waren, nur mit Blick auf sein schlammverspritztes Fahrrad, konnte Piet nicht aufhören an Tabea zu denken.
Der Wagen setzte sich in Bewegung. Langsam rieselte das Adrenalin zurück in Piets Adern. Niemand außer ihm wusste von Tabea. Er setzte eine SMS an Christian ab, dass Tabea am Tatort gewesen war, damit er eine Streife in ihre Wohnung schicken konnte.
Als der Mannschaftsbus die Stadt erreichte, klopfte Piet an die Scheibe zur Fahrerkabine und bedeutete, dass er abgesetzt werden wollte. Kaum hatte er sein Rennrad aus dem

Transporter gehoben, schwang Piet sich auf den Sattel und seine Lebensgeister kehrten zurück. Tabea musste wissen, dass Rademann tot war, dass alles zu Ende war. Was würde der Tod ihres Meisters bei ihr auslösen? Wo würde sie in diesem Schockzustand hingehen? War sie so rational, sofort ihre Flucht zu planen? Wohl kaum. Piet hatte sich nicht ohne Grund am Stadtrand absetzen lassen. Er wollte zur Recycling-Station.

Als er bei der Station ankam, schaute er kurz zu wie eine Frau aus einem Jute-Beutel Weinkorken in eine kleine Sammelbox puhlte. Einer der Mitarbeiter stand in Arbeitsweste vor dem Büro und rauchte. Früh morgens leerten nur pensionierte Schrebergärtner ihre Gartenabfälle in die Container. Die Schrebergärten – dort gab es unzählige leerstehende Lauben. Piet machte sich auf den Weg durch die benachbarte Kolonie. Es war mehr als unwahrscheinlich in diesem Gewirr aus Parzellen zufällig die Verdächtige zu finden. Aber Piet hatte das Gefühl, dass die schmalen Wege zwischen den liebevoll angelegten Gärten ihm die richtige Richtung wiesen. Tatsächlich kehrten Täter oft an die Orte ihres Verbrechens zurück. Aus Reue, aber auch, um die Tat noch mal nachvollziehen zu können, dem Moment wieder nahe zu sein. Piet versuchte dieser Spur zu folgen.

Piet erreichte die ersten Parzellen. Für ihn waren Schrebergärten nie ein Zeichen von Spießigkeit gewesen, vielmehr von Freiheit. Hier konnte jeder nach seiner Fasson selig werden.

Piet hatte einen Großteil seiner Kindheit im Schrebergarten verbracht. Wenn sie mal wieder kein Geld hatten, ging es in den Sommerferien ‚auf Parzelle'. Er erinnerte sich daran, wie sein Vater stundenlang mit einer Fliegenklatsche über einem Glas mit süßem Bier hockte und auf Wespen lauerte, die er am Rand des Glases erschlug. Das waren die friedlichsten Zeiten, die sie je erlebt hatten.
Piet gelangte ans Ende der Kolonie und musste keine Sekunde darüber nachdenken, wohin er als nächstes fuhr. Das Hünengrab war nur noch einen Kilometer entfernt. Asphalt löste die Schotterwege ab, Piet trat in die Pedale und raste zu dem Ausflugsziel.

Als er die steinzeitliche Anlage erreichte, sprang er vom Fahrrad und sprintete den Hügel hoch. Kurz vor dem ersten Monolithen wurde er langsamer.
Als erstes sah er ihr blondes Haar, in dem der Wind spielte. Tabea Harms saß auf der abgewandten Seite der Felsplatte. Leise umkreiste Piet die aufgerichteten Findlinge, bis er auf der Hinterseite ihr angelehntes Tourenrad fand. Von dort aus musste sie auf die Felsplatte geklettert sein. Vorsichtig stieg Piet auf das Fahrrad und klammerte sich am Felsen fest, der sich an dieser Stelle etwas tiefer neigte als an den anderen Seiten. Als er sich an der Kante hochzog, erspähte er die Präparatorin, wie sie absolut regungslos mit Blick auf den Wald verharrte. Über ihrem linken Handgelenk schwebte ein Skalpell, doch ihre Gedanken schienen meilenweit fort. Sie wirkte noch zerbrechlicher

als sonst. Unter verhaltenem Atem versuchte Piet so nah an sie heran zu kommen wie möglich. Er war nur noch einen halben Meter von ihr entfernt, als sie herumfuhr. Das Skalpell in der Hand.
Tabea stieß einen erschrockenen Laut aus. Piet hob beschwichtigend seine Hände.
„Tabea! Ich bin hier, um Ihnen zu helfen!"
Das tränennasse Gesicht der Assistentin wurde zornig.
„Was wollen Sie denn? Ausgerechnet Sie! Hauen Sie ab!"
Sie fuchtelte mit dem Skalpell vor Piets Nase herum. Sie war wild entschlossen, aber Piet fühlte sich von der zierlichen Person nicht ernsthaft bedroht.
„Ich weiß, dass Sie einen gezielten Schnitt setzen können. Aber das ist keine Lösung."
„Hören Sie mit Ihrem psychologischen Gewäsch auf! Lösung! Es gibt keine Lösung! Sie haben alles zerstört! Sie waren das doch!"
Piet entschied sich für Ehrlichkeit.
„Ich wollte Rademann nicht töten. Aber ich konnte nicht zusehen, wie er Katharina umbringt."
„Sie war nicht für ihn!"
In den hellblauen Augen blitzte Zorn auf. Piet versuchte vollkommen selbstverständlich zu wirken.
„Nein, das war sie sicher nicht."
Er schaute Tabea aufrichtig an, die immer noch das Skalpell vor sich hielt wie ein Laserschwert.
„Sie waren ja auch die Einzige, die wusste, was für ihn richtig ist!"

Tabea ließ das Skalpell sinken.
„Das war ich!“
Piet lächelte gewinnend.
„Die Opfer sahen Ihnen alle ähnlich! Er mochte sie blond, nicht wahr?“
Tabea schien sich zu erinnern.
„Ja! Sie mussten so sein wie ich! Nur jünger. So wie damals.“
„Als Sie ein Paar waren?“
Die hellblauen Augen füllten sich wieder mit Tränen. Als Tabea antwortete, sah Piet ein Zungen-Piercing, das ihm beim ersten Gespräch nicht aufgefallen war.
„Es war mehr als das! Ich habe ihm gehört“
Das erste Mal schaute sie Piet direkt in die Augen. Sie zitterte.
„Wissen Sie, was das heißt? Ich glaube nicht. Ich glaube nicht, dass Sie jemals jemandem so gehört haben wie ich ihm! Und darum werde ich auch niemals jemand anderem gehören!“
Piet linste zum Skalpell, doch es blieb ruhig auf ihrem Schenkel liegen.
„Wann haben Sie sich kennengelernt?“
„Ich war sechzehn. Wir haben uns auf einer Party getroffen.“
„Sie haben mit ihm gespielt?“
„Wir haben unser Leben geteilt. Und er hat mir alles gezeigt, was ich wissen musste. Er hat auf mich aufgepasst. Bis zum Schluss.“

„Sie haben ihm die jungen Frauen ausgesucht?"
„Manchmal. Wenn ich die Richtige für ihn gefunden hatte. Manchmal hat er mich auch nur dazu geholt."
„Zur Tötung?"
„Nein, vorher."
Piet wurde klar, warum die Mädchen sich in Rademanns Hand begeben hatten. Tabea war beim Kennenlernen dabei gewesen und hatte die Situation harmlos aussehen lassen. Zwei junge Frauen, ein älterer Mann, was sollte da schon passieren? Piet wies auf ihre Umgebung.
„Und die Ablageorte haben Sie auch ausgesucht?"
Sie nickte.
„Bis ich die Villa gefunden habe."
Piet zeigte auf das Skalpell.
„Meinen Sie, er wäre damit einverstanden?"
Entgeistert sah Tabea ihn an. Piet nutzte den kleinen Moment, in dem sie über die Meinung ihres Meisters nachdachte, und schlug ihr das Skalpell aus der Hand. Klirrend rutschte es über den Stein in die Tiefe. Tabea stieß einen tierhaften Laut aus und krabbelte besinnungslos dorthin, wo es verschwunden war. Piet hielt sie zurück. Er umklammerte Tabeas Arme so, dass sie sich nicht mehr wehren konnte.
„Tabea! Sie werden Ihrem Meister nicht folgen! Haben Sie mich gehört! Sie werden hier bleiben!"
Piet spürte, dass Schmerz und Verzweiflung wie eine Druckwelle durch Tabeas Körper liefen, bevor ihre Schreie hervorbrachen.

„Hier liebt mich niemand! Niemand!"
Ein Schwarm Vögel schreckte aus einem Baum auf. Dann verlief sich Tabeas Stimme irgendwo in der Einsamkeit. Piet nahm das gefallene Vögelchen in den Arm und wiegte es, bis es endlich aufhörte zu schluchzen.

Tabea Harms bestand darauf, dass Piet im Verhörraum dabei war. Er hielt sich etwas abseits, während Christian und ein Polizeipsychologe mit Tabea am Tisch saßen.
Vor der Vernehmung sammelte sie sich einige Minuten. Sie schien sich vor ihr geistiges Auge zu rufen, welche Details wichtig waren und welche nicht. Dann prüfte sie, ob das Mikrofon auch wirklich angestellt war und legte ein umfassendes Geständnis ab.
Nicht ohne Stolz gab Tabea Harms zu, dass sie die DNA-Proben der ersten zwei Opfer verunreinigt hatte. Ein Atemhauch auf die Objektträger hatte genügt. So etwas wäre natürlich nicht lange gut gegangen. Immerhin hinterließ sie damit ihre DNA auf den Asservaten, und irgendwann hätte es vielleicht doch eine Untersuchung gegeben. Auch die ersten beiden Ablageorte waren ihre Idee. Sie hatte gespürt, dass nach dem Unfall mit der ersten Kandidatin, wie sie die Opfer nannte, eine Veränderung in ihrem Meister vorgegangen war. Er war nicht mehr so konzentriert wie sonst. Für seine Verhältnisse direkt ein wenig aufgewühlt. Sie hatte ihm helfen müssen. Das Gefühl seine einzige und echte Vertraute zu sein, war wunderbar gewesen. Als ihr Meister begriffen hatte, was er wollte und wie

er es wollte, hatten sie die Villa gekauft. Auch die hatte Tabea Harms auf einer ihrer Radtouren gefunden. Ab da hatte sie die Kandidatinnen nur noch ausgespäht. Alle Opfer ähnelten ihr selbst in jungen Jahren. Rademann liebte schlanke, knabenhafte Blondinen. Als Tabeas weibliche Rundungen für seinen Geschmack zu ausgeprägt wurden, fing er an mit anderen, jüngeren Frauen zu spielen. Das hatte sie sehr gekränkt, aber durch ihre gemeinsamen Kandidatinnen wurde sie wieder etwas Besonderes, etwas Unersetzliches für ihn.

Die Kollegen hatten das Gräberfeld inzwischen gefunden. Es waren neun Leichen. Wie sich herausstellte, genau die jungen Frauen und Mädchen, die in der Datenbank noch als vermisst galten, sowie weitere Opfer, die erst noch identifiziert werden mussten. Rademann hatte seinen selbsterteilten Auftrag genauso akkurat erledigt wie alles, was ihm bis dahin anvertraut worden war. Jeder Leichnam war geöffnet und säuberlich wieder verschlossen worden. Jedem Leichnam fehlte ein anderes Organ, welches sie in Rademanns Gläsersammlung wiederfanden. Die entnommenen Organe hatte Tabea Harms präpariert.

Harms wollte keine Angehörigen oder sonst irgendjemanden benachrichtigen. Sie schien mit ihrer Familie abgeschlossen zu haben. Rademann hatte sich seit ihrem Kennenlernen um sie gekümmert. Er hatte ihr eine Wohnung besorgt, die Ausbildung finanziert und sie zu sich in die Rechtsmedizin geholt. Sie hatten alles miteinander geteilt, was wirklich wichtig war.

Als der beisitzende Polizeipsychologe etwas genauer nach ihrer Beziehung fragte, öffnete Tabea Harms ihre Bluse. Unter der normalen Kragenweite kam eine Tätowierung zum Vorschein. Es war ein Dornenkranz, der sich wie eine Kette um ihren Hals legte. Auf Höhe des Herzens prangte ein Medaillon, in das die Initialen ‚GR' tätowiert waren – Gregor Rademann.

Keiner der Anwesenden zweifelte an ihrem Geständnis. Piet dankte Tabea. Sie nickte lächelnd und folgte den uniformierten Beamten in ein Leben hinter Gittern, das sie scheinbar als vollkommen sinnvoll empfand.

18

Als Piet seine Wohnungstür hinter sich schloss, war es still. Sehr still. Er dachte daran, dass bei Corni noch neue Witze auf ihn warteten. Aber ein Kneipenbesuch wäre an diesem Tag eine Niederlage gewesen. Schließlich hatte er den Fall aufgeklärt. Die Begleitumstände, dass er sich außerhalb seines Amtes in laufende Ermittlungen eingemischt, Informationen vorenthalten, und in diesem Rahmen auch noch den Hauptverdächtigen getötet hatte, standen auf einem anderen Blatt.

Als Piet das Büro des Dezernats betreten hatte, waren bereits alle Kollegen in Kenntnis gesetzt worden. Der Schock, dass der renommierte Rechtsmediziner Rademann ein sadistischer Serienkiller gewesen sein sollte, saß tief. Ungläubigkeit, aber auch ein gewisses Quantum an Bewunderung hatten Piet auf seinem Weg begleitet. Herbert hatte sich kurz vor dem Verhörraum blicken lassen, und ihm mit einem knappen „Wir reden noch!" auf die Schulter geklopft.

Vielleicht würde er bald kein Beamter mehr sein. Aber das war seltsamer Weise das Letzte, das Piet momentan bewegte. Er musste sich eingestehen, dass Tabea Harms ihn unglaublich beeindruckt hatte. Sie war mehr als nur die abhängige, fehlgeleitete Sklavin. Sie hatte nach ihrem Geständnis zufrieden gewirkt. Auf eine Art, die Piet insgeheim bewunderte. Sie haderte nicht mit ihrem Schicksal,

sie nahm es an. Das war etwas, zu dem Piet noch nie in seinem Leben fähig gewesen war. Auch jetzt nicht.
Wie er erfahren hatte, hatte sich Katharina auf eigenen Wunsch aus dem Krankenhaus in ein Sanatorium einweisen lassen. Er hatte keine Ahnung, wie traumatisch die Erfahrungen für Katharina gewesen waren. Doch alles, was er sich vorstellen konnte, reichte aus, um sich ernsthaft um sie zu sorgen. Er war dankbar, dass sie überlebt hatte. Doch er konnte den selbstzerfleischenden Gedanken nicht lassen, dass er sie vor diesem Trauma hätte retten können, wenn er einfach rechtzeitig bei ihr angerufen hätte. Piet schüttelte seinen Kopf wie ein nasser Hund und machte ein unwirsches Geräusch.
Er musste etwas tun, um den Kneipenbesuch heraus zu zögern. Gedankenverloren betrachtete Piet den Poststapel, der sich in den letzten Tagen angesammelt hatte. Seufzend erhob er sich und sah ihn durch. Zwischen Rechnungen und Werbung stach ein Kuvert aus teurem Papier hervor, das handschriftlich adressiert war. Verwundert öffnete er den Brief. Es war eine Einladung zur Beerdigung von Céline Jakob.

Die Luft roch das erste Mal nach Herbst. Sie hatte dieses Kühle, Erdige, das vom Vergehen der Leichtigkeit kündete.
Die kleine Trauergemeinde war als schwarze Traube schon von weitem zu sehen. Piet erblickte als erstes Sabine Jakob, Katharinas Schwägerin, die relativ gefasst schien. Erst bei

näherem Hinsehen erkannte er Katharina. Diesmal trug sie zu ihrer Trauerkleidung einen schwarzen Kurzhaarschnitt. Ihre Haltung hatte nichts mehr von der stolzen Lady, sie wirkte schwach und gebeugt. Schweren Herzens nickte Piet den beiden Frauen zu. Sie nickten so erfreut zurück, wie es die Umstände zu ließen.

Bei der Trauerrede hielt Piet sich im Hintergrund. Der Sermon aus biblischen Absonderungen interessierte ihn herzlich wenig, und er wollte denjenigen Platz lassen, die jeden Trost gebrauchen konnten.

Die Trauergemeinde stand wie üblich in einem Halbkreis um die letzte Ruhestätte. Piet wunderte sich jedoch über die seltsame Aufteilung der Gruppe. Statt der engsten Familie stand eine Horde pickeliger Teenager direkt in der Mitte vor dem geöffneten Grab. Vielleicht ihre Klasse, oder ihre Freundinnen und die Jungs, die in Céline verknallt gewesen waren. Katharina und ihre Schwägerin standen ganz rechts vom Grab. Auf der anderen Seite, ganz links, sah er eine weißhaarige Dame im Rollstuhl. Ihr silbergraues Haar und ihr Schmuck bildeten eine Einheit und wirkten wie eine glänzende Rüstung. Sie schien von dem Anlass, der sie hergeführt hatte, seltsam unberührt. Hinter ihr stand ein Mann mit Sonnenbrille, der wie ein abgehalfterter Mafiosi wirkte. Alles an ihm hatte bessere Tage gesehen. Sein zerknitterter Anzug war vor Jahren einmal teuer gewesen. Seine Krawatte saß neben der Knopfleiste des weißen Hemdes, das ebenfalls noch nie ein Bügeleisen gesehen hatte. Die Sonnenbrille war zu groß für das spitze Gesicht, aber die Bartstoppeln und seine braune Haut gaben ihm etwas Verwegenes. Er wirkte sehr männlich, hatte aber eine ungewöhnlich hübsche Nase und schön geschwungene Lippen. Verwirrend attraktiv für einen Mann. Sicherlich war er mal ein Frauenschwarm gewesen. Um seinen Mund trug er einen trotzigen Zug, mit dem er den Entschluss zum eigenen Unglück scheinbar sein Leben lang bekräftigt hatte. Piet wusste sofort, dass es Alkohol war. Für einen Kokser war er nicht fahrig und angespannt genug. Und für alle anderen Drogen wirkte er schlichtweg noch zu normal. So wie dieser Mann sahen viele aus. Es war nur die leichte Vernachlässigung und eine gewisse Unbeholfenheit in der Körperhaltung, die ihn verrieten. Piet vermutete, dass es sich um den verstoßenen Ehemann handelte, Célines Vater.

Die Trauerrede war zu Ende. Der erste Sand schlug hohl auf den hölzernen Sarg. Piet machte sich bereit, seine Schaufel beizutragen. Danach wendete er sich als erstes an Sabine Jakob.

„Mein aufrichtiges Beileid!“

Sabine Jakob nickte ihm bekräftigend zu.

„Schön, dass Sie gekommen sind!“

Als Piet vor Katharina stand, wurde er hilflos. Ein Beileid, was bedeutete das schon? Katharina ergriff seine Hand mit beiden Händen und hielt sich an ihm fest. Sie schauten sich schweigend an. Die Kondolierenden rückten unaufhaltsam nach. Katharina ließ ihn los.

Neben einem Brunnen, an dem bunte Plastikgießkannen hingen, setzte sich Piet auf eine Bank. Er konnte noch nicht gehen.

Es war wirklich ein vorbildlicher Herbsttag. Das erste Laub strahlte in seinen buntesten Farben mit der Sonne um die Wette. Rosa Heidekraut und Efeu umschmeichelten die Grabsteine. Das konstante Kratzen der Harken und Rechen, die von unauffälligen Mitarbeitern des Friedhofs bewegt wurden, hatte etwas Beruhigendes. Piet fielen die kleinen Zen-Gärtchen ein, die man sich mit Harke für den Schreibtisch kaufen konnte und hoffte, dass die Männer in den grünen Latzhosen das Schöne an ihrem Beruf sahen.

Als die meisten Trauergäste verschwunden waren, kam Katharina zu ihm.

„Ich bin Ihnen so dankbar!"

Piet stand auf.

„Ich habe gedacht, wir sind beim Du?"

Bestürzt schaute Katharina ihn an und schlug verwirrt, fast beschämt die Augen nieder.

„Entschuldige! Alles scheint so weit weg... Die letzten Tage waren etwas viel für mich. Ich habe das Gefühl, als wäre meine Erinnerung eine große Hand, die das wirklich Wichtige einfach weggeschoben hat. Es tut mir leid!"

„Nein! Mir tut es leid!"

Sie standen dicht beieinander. Piet räusperte sich.

„Ich habe nichts vergessen."

Er hätte nur seine Hand nach ihr ausstrecken müssen, nicht mehr. Katharina lächelte.

„Ich danke dir! Ich danke dir für alles, was du für uns getan hast! Ohne dich…"
Katharina sah auf seine Hände, dann blickte sie ihn wieder an.
„Ich wäre gestorben ohne dich!"
Piet sah in Katharinas katzengrüne Augen. Genau diesen Satz wollte er ihr sagen. Diesen Satz einfach in die Zukunft blicken lassen und ihn an sie zurückgeben. Die Sekunden rasten vorbei und der Moment war vorüber. Erschöpft setzte sich Katharina auf die Bank.
„Was ist mit Rademanns Assistentin?"
„Das psychologische Gutachten läuft noch. Vielleicht landet sie in der forensischen Psychiatrie."
Ein schmerzvolles Lächeln umspielte Katharinas Mund.
„Für jeden von uns ist das Eis viel dünner, als wir es wahrhaben wollen. Wenn wir die ersten Risse sehen, ist es oft schon zu spät."
Piet setzte sich neben sie.
„Wie geht es dir? Kann ich etwas für dich tun?"
Katharina schüttelte den Kopf, aber ihr Lächeln war eine Nuance leichter.
„Nein! Die eigene Kindheit bleibt ein Leben lang der einzige Freund und der einzige Feind, den man mit niemandem teilen kann."
Piet nickte. In stillem Einverständnis saßen sie eine kurze Weile da. Hilflos brach Piet das Schweigen.
„Normalerweise fallen sadistische Sexualstraftäter schon viel früher auf. Ich habe ewig mit diesem Mann zusammen

gearbeitet! Ich begreife es jetzt noch nicht ganz."
„Ich habe mich auch schwer in ihm getäuscht. Dabei…"
Piet sah Katharina interessiert an.
„Dabei?"
„Dabei hatte ich immer ein seltsames Gefühl in seiner Nähe. Es war seine Glätte."
„Glätte? Wie meinst du das?"
„Zu den meisten Menschen baut man schnell eine emotionale Bindung auf, auf welche Art auch immer. Liebend, verabscheuend, ganz gleich. Bei Rademann war es, als rutschte man an einer unsichtbaren Folie ab. Es gab keine Verbindung, weil er keine emotionale Verbindung zu seiner Umwelt hatte. Das hätte ich früher merken müssen…"
„Warum hättest du merken sollen, was niemand sonst bemerkt hat?"
Katharina schwieg. Dann nahm sie den vorherigen Gesprächsfaden wieder auf.
„Rademann hat sich Schritt für Schritt, oder besser Opfer für Opfer sich selbst angenähert. Auf tragische und auf glückliche Weise war alles Zufall. Hätte Rademann von Anfang an alles detailliert geplant, hätten wir ihn wahrscheinlich nie gekriegt. Allein, dass ich in die Zeitung geschaut und das Phantombild gesehen habe… Normalerweise lese ich unser Kreisblatt nicht. Ich hatte sie an dem Tag nur für einen Gast besorgt."
Piet fragte nicht, was Katharinas Gast mit einer Zeitung bei ihr gewollt hatte. Katharina hob ihren Kopf der wärmenden Sonne entgegen.

„Erinnerst du dich an unser Gespräch über Gut und Böse?“
„Natürlich!“
„Ich habe mich geirrt. Das Böse ist nicht immer Thronsitz des Guten. Für Rademann war es nicht schade um die Menschen. Von einer höheren Perspektive aus hat er damit durchaus Recht.“
„Wir können ja ähnliche Ansichten haben, solange wir für unser Leben andere Konsequenzen daraus ziehen.“
Katharina sah Piet an.
„Von Konsequenz hat Rademann auch gesprochen…Wenn man jemanden wie ihn trifft, erscheint alles, woran man glauben könnte, vollkommen nichtig.“
Piet versuchte etwas Banales einzuwerfen.
„Vielleicht war er auch nur impotent, und die Tötung hat es ihm ermöglicht endlich etwas zu empfinden.“
Katharina lächelte traurig.
„Wahrscheinlich! Im Leben dreht sich fast alles um Sex. Und worum dreht es sich dann beim Sex?“
Sie sah Piet herausfordernd an. Sein Herz wurde weit. Mit diesem neckischen Blick hatte er Katharina kennengelernt. Er zuckte mit den Schultern. Sie lächelte.
„Um Macht. Beim Sex geht es letzten Endes um Macht.“
Piet hörte sich mit rauer Stimme eine Frage stellen.
„Und Hingabe?“
Katharina schlug für eine Millisekunde ihre Augen nieder.
„Die Sehnsucht danach bestimmt uns alle.“
Ihr Porzellanteint wurde von hellem Rosé überzogen.

So schnell es ihr Gesicht erleuchtet hatte, so schnell war es wieder verschwunden. Als ob sie schon zu lange geplaudert hätten, stand Katharina auf.
„Ich muss zurück!“
„Bist du noch im Sanatorium?“
Katharina nickte.
„Sabine wartet auf mich...“
Piet saß nur hilflos da. Katharina nickte ihm noch einmal zu.
„Auf Wiedersehen.“
„Bis hoffentlich bald!“
Katharina lächelte, drehte sich um und ging. Piet schaute ihrer eleganten Silhouette hinterher, bis sie verschwunden war. Sie hatte sich nicht noch einmal nach ihm umgeschaut. Sein Blick fiel auf ein Grab, auf dem zu beiden Seiten einer kitschigen Engelsfigur zwei Herzen aus Stein lagen. Er wünschte sich sein Herz wäre eines davon.

Der Morgen dämmerte bereits. Die Luft war kühl, das Licht auch. Der Schotter knirschte unter Piets Füßen. Aus dem Club-Haus der Outlaws wummerten aggressive Bässe. Immer wenn die Tür aufging, wurde der Platz von dröhnendem Heavy Metal überrollt. Neben der Tür lungerten die abkommandierten Türsteher. Piet musste nichts weiter tun, als auf sie zuzugehen und auf den Boden zu spucken. Die Türsteher lösten sich von der Bretterwand und kamen in drohender Haltung auf ihn zu.

Piet dachte an Katharina und an das Locard'sche Prinzip: Kein Kontakt konnte vollzogen werden, ohne gegenseitig Spuren zu hinterlassen. Und er dachte daran, dass alles, was existiert, gut ist, einfach weil es ist. Sehnsüchtige Verzweiflung schmorte einen glühenden Kreis in seinen Solarplexus. Er rotzte auf eine hochpolierte Harley Davidson. Einer der Hünen schnellte vor und stieß ihn mit solch einer Wucht weg, dass Piet über den grauen Schotter segelte. Die Schottersplitter bohrten sich in seine Haut. Als er die Augen wieder öffnete, sah er in verschwommener Ferne nur ihre schweren Bikerstiefel. Schwankend schaffte er es auf alle Viere und in die Senkrechte. Es dauerte etwas, bis sich wieder genug Speichel in seinem trockenen Mund gesammelt hatte. Dann spuckte er soweit in ihre Richtung, wie er konnte.
„Feiglinge!"
Als die muskelbepackten Riesen mit geballten Fäusten auf ihn zurasten, fing Piet an zu grinsen. Dann traf ihn der erste Schlag.

Eine elegante Frau mit Pagenkopf steht am Fenster und schaut über einen Park, in dem sich gebeugte Gestalten und weiß gekleidete Begleiter in Zeitlupe durch die Schönheit der Natur bewegen, ohne sie zu bemerken. In ausgebeulten Jogginghosen oder übertrieben akkurat gekleidet, sind sie Statisten in einer verlangsamten Welt, die für sie einfach nicht anhalten will.

Die Frau am Fenster sieht sie nicht wirklich. Ihr Blick ist nach innen gerichtet. Sie hält ein Telefon an ihr linkes Ohr und lauscht. Immer wieder. Ewig.
Auf einer trostlosen Brache, umsäumt von niedrigen Baracken und einem Gebirge aus Autowracks liegt ein Mann. Ausgestreckt scheint er den Boden zu liebkosen, eine Wange am grauen Schotter. Neben ihm ein Handy mit zersplittertem Display, das in die Leere dudelt. Die Melodie schwillt an und ab. Immer wieder. Ewig.

Dank an:

Den besten Ehemann von allen für die Gestaltung des Covers und das erste Lektorat. Seine ehrliche und akribische Kritik hat mir sehr geholfen.
Meine Freundin Raphaela, die mich mit ihrem zweiten Lektorat wunderbar auf die richtige Fährte gebracht hat.
Meine Freundin Tale für ihre sachkundige Hilfe bei Formatierung und Gestaltung.

ISBN 978-3-7485-5709-8
9 783748 557098 00002
www.epubli.de